만나자

문학들 시인선 032

최기종 시집

만나자

문학들

시인의 말

나무에게 미안하지나 않을까? 그래도 시집을 낸다.

인구의 반열에서 내쳐지는 시들이지만 그래도 시집으로 엮는다.

그런데 더 이상 햇빛 보지 못하는 것들을 모아서 집을 지었더니 그럴 듯하다. 한반도 비하인드 근현대사가 펼쳐지는 듯하다.

동학년에서 기미년으로 그리고 광주항쟁에 이르기까지 죽고 죽어도 다시 살아나던 인걸들이 하늘의 별들처럼 반짝거렸다. 우리 민족끼리 평화를 말하고 통일을 말하는 거대 담론이 흘러들었다. 지구촌에서 벌어지는 전쟁의 참화도 성토된다.

물론 당위적이고 목적의식적인 시들이다. 하지만 시가 언어의 묘미나 비유적 수사만을 말하지 않는다. 시적 아님을 드러내면서 거칠고 투박한 것들도 분청이 될 수도 있는 것이다. 시대를 말하고 인물상을 말할 때 살점 하나 없는 어투도 노래가 될 수 있는 것이다.

이 시집이 우리나라 민중의 역사를 돌아보는 계기로 남았으면 한다. 아울러 남북일통에 대한 열기가 넘쳐나기를 기대해 마지않는다.

2024년 9월

남뫼시사에서

최기종

차례

제2부 '5월 광주'를 노래하다

제3부 '제주 4·3'과 '여순항쟁', '대구항쟁'

제4부 천왕봉과 촛불혁명

제5부 이태원, 세월호와 저항의 연대

제1부

그래도 '통일'이다

한탄강

어져 내 설움이야
내가 너인 줄 몰랐더냐
남북이 합작한 승일교도 돌아보고
고석정에서 물놀이도 하고 물세례도 받아주면서
더 큰 하나로 더 큰 우리로 흘러 흘러갔다면야
부딪히고 애끓는 굽이 골골마다 패었으랴

어져 내 설움이야
내가 너인 줄 몰랐더냐
철원평강평야지 휘돌아 가는 물머리도 눌러주고
물이랑도 넓혀주고 논물도 대주고 써레질도 하고
앞소리뒷소리 하면서 못줄도 잡고 들밥도 내어주었다면야
주상절리구곡 집도 바우도 직탕으로 쓸어갔으랴

어져 내 설움이야
내가 이산의 물굽이인 줄 몰랐더냐
칼도 총도 쳐내고 철조망도 걷어내고
북으로 남으로 철도도 다리도 놓고 잔도도 내고
예전처럼 금강산전기차가 스륵스륵 오르내렸다면야
피어린 삼각지 어이 양안으로 갈라졌으랴

만나자

만나자
일 없어도 만나자
좋은 사람 좋은 사람끼리
그리운 사람 그리운 사람끼리
못내 만나서 그날이 되어 보자

만나자
어느 때라도 만나자
추석도 설일도 단오도 좋다
봄꽃처럼 북상하며 만나자
단풍처럼 남하하며 만나자

만나자
톡 까놓고 만나자
그러면 아픈 사랑 피어나겠지
척진 사랑도 맺힌 사랑도 풀어지겠지
못내 두근두근 없는 사랑도 생겨나겠지

만나자

어디에서라도 만나자

서울도 좋다 평양도 좋다

동파랑도 좋다 서파랑도 좋다

기미년의 아, 조선의 자주민으로 만나자

금강金剛에서 만나자

순풍에 돛 달고 역풍에 노 저어 그리운 사람 그리운 산하 금강에서 만나자

단풍리 금천리 내강리 지나서 만폭동 지나서 비로봉 영랑봉 중향성 굽어보며 황천강에서 세족하고 명경대에서 세수하고 금강에서 만나자

동포 여러분 형제 여러분 이렇게 만나서 반갑다는 금강산 처녀의 물 맑은 늴리리야 금강에서 만나자

오마니 절 받으시라우 오냐 내 아들아 살아줘서 고맙다고 그렇게 손도 잡아 보고 얼굴도 만져 보고 금강에서 만나자

철조망도 콘크리트도 무너지고 소 떼도 넘어가고 비료도 넘어가고 초코파이도 넘어가고 말뚝이도 취발이도 홍대감도 넘어가고 금강에서 만나자

북한강 남한강 합수되어 서해 되듯이 뱃길도 육로도 열리고 은하수도 이어지고 천하천강 까막까치 되어 금강에서 만나자

끊어진 다리 우리끼리 복구하고 깊어진 냉기 우리끼리 녹여내고 통일아 냉큼 오너라 평화야 고치글라 금강에서 만나자

코리안 코리안 퍼스트로 코리안 코리안 투게더로 조선

사람 조선으로 길이길이 금강에서 만나자

순풍에 돛 달고 역풍에 노 저어 눈물콧물 흘리면서 아리랑 아라리요 금강에서 만나자

중련열차

이게 얼마만일까
이것 타고 도라산에서 널문리로
삼팔선도 지우고 평양으로 신의주로 간다니
이런 벅찬 행로가 어디 있을까

이리 합체된다면
버겁던 고개고개 스리슬쩍 넘어가고
한계령도 추가령도 넘어서서 두만강도 굽어본다니
피스톤도 실린더도 맞물려 녹슨 톱니바퀴 돌리는 걸까

이리되면 비용이 얼마나 들거나
인프라도 용비도 대폭 늘어나서 동력이 꺼질거나
하지만 마주 보고 달리지도 갈라서지도 않게 된다니
남남북녀 만나서 더 큰 하나로 시너지를 내는 것 아닐까

이렇게 점퍼핀으로 연결한다면
남남은 상행선, 북녀는 하행선 붕붕 내달리는 걸까
아니면 남적북적 파당하면서 공회전만 계속하는 걸까
어떻든 객차 화차 늘어나서 기적 소리 대륙으로 퍼지는

걸까

이게 얼마 만일까
이것 타고 함흥에서 야로슬라프스키로
시베리아를 횡단하여 모스크바로 유럽으로 간다니
이러면 세기의 기적이 되는 것 아닐까

물꼬

마른 논에 물 들어온다
남북한 정상이 삽으로 논두렁 팍팍
봄 가뭄 들어낸다
그 얼마나 타는 목마름이었더냐
그 얼마나 기다리던 물내림이었더냐
순천자 필흥 역천자 필망이라고
물 내리는 소리 얼씨구 저절씨구
물 드는 소리 지화자, 지화자 좋구나
마른 논에 물 들어온다

무논에 새 날아간다
남북한 정상이 쟁기질하고 써레질하고
씨줄날줄 못줄을 잡는다
그 얼마나 바라던 모내기더냐
그 얼마나 꿈꾸던 두레밥상이더냐
남에서 소리하면 북에서 받고
북에서 줄을 띠면 남에서 이어가고
무논에 새 날아간다

철조망에도 꽃이 핀다
남북한 정상이 분계선 마주 보고 손을 잡고
65년 북풍한설 녹여낸다
이 얼마나 뜨거운 악수더냐
이 얼마나 피어나던 하나의 봄이더냐
'평화와 번영'을 심는다고 아리랑 아라리요
대동강 한강수 합수되는 소리
한라산 백두산 막힌 혈맥 풀어대는 소리
철조망에도 꽃이 핀다

논이란 논
물꼬 터진 여진이다

도보다리

판문점 옆에 있는
작은 다리일 뿐이었다
중립국감독위원회 캠프로 가는
습지에 놓인 그렇고 그런 다리일 뿐이었다
어쩌다 노루, 고라니만 오가고
왜가리, 해오라기 쉬어가는 다리일 뿐이었다
그렇게 버려진 듯 외롭던 다리가
세계의 다리가 되었다
남북 두 정상이
어깨를 맞대고 걸어갔을 뿐인데도
세계가 고개를 끄덕거렸다
군사분계선 101번 표식물도 살피고
비무장지대 생태계 못내 둘러봤을 뿐인데도
전 세계가 꽃발을 들었다
두 정상이
버들가지 늘어진 의자에 앉아
배석자도 카메라도 멀리하고
환담을 나눴을 뿐인데도
새소리만 요란하게 들렸을 뿐인데도

지구촌이 바짝 귀를 세웠다
남북 두 정상이
걸어서 건너는 다리가 있어서
70년 묵은 체증이 확 내려간다
봄바람 살랑거리고
걸어서 건너는 다리가 있어서
너도나도 세계의 다리가 되었다

가출

통일이가 없어졌다
그런데 누구도 찾지 않았다
우리에게 통일이는 언약이고 믿음이었다
그런데 누구도 걱정하거나 염려하지 않았다
누구도 젖과 꿀에 대하여 말하지 않았다

통일이는 어디로 갔을까
엊그제까지만 해도 봄꽃들이 한창이더니
환호와 놀람과 희망을 속삭이고 손짓하더니
이어짐과 자유로움과 결집에 대하여 열변을 토하더니
통일이의 사자후는 어디로 갔을까

통일이가 가출했다
그런데 아무도 속을 태우지 않았다
우리에게 통일이는 없어도 그만인 사람이었을까
봄을 시샘하는 꽃샘바람 때문에 그럴까
성조기 나부끼고 촛불이 꺼져서 그럴까

좋아하는 사람도 싫어하는 사람도 통일이를 잊었다

예수도 석가도 공자도 통일이를 언약하지 않는다
순천자도 역천자도 존귀함을 떠올리지 않는다
통일이는 어디로 갔을까
통일이의 사자후는 어디로 갔을까

신년에 이런 꿈

꿈이었다
공동경비구역이었다
미군이 국군의 길을 막아서서
밀고 당기다가 싸움이 벌어졌다
미군이 죽었다

가해자가 체포되었다
국군은 정당방위라고 했다
미군이 마구 때려서 취한 가해행위라고 했다
그러나 미군은 정당한 지킴이었다고 했다
국군이 밀고 들어와서 비상상황이었다고 했다

국군은 미군이 통행증을 거부했다고 했다
봄이 오면 서울에서 공연하자는
대북전언을 이유 없이 막았다고 했다
하지만 미군은 적과의 내통을 막은 것이라고
휴전선의 엄숙함을 무너뜨려서는 안 된다고 했다

그래도 먼저 행사한 건 미군이었다고 했다

그래도 먼저 위반한 건 국군이었다고 했다
그렇게 설전이 오고 갔다
그렇게 공방이 오고 갔다
그렇게 특사가 오고 갔다

오는 봄을 위하여 국군이 이해해야 했다
오지 않는 봄을 위하여 미군이 이해해야 했다
가해자가 모든 책임을 지게 되었다
국군은 대한민국 재판소로 넘긴다고 했다
미군은 아메리칸 재판소로 넘겨야 한다고 했다
오는 봄을 위하여 국군이 양해해야 했다

가해자는 물 건너 아메리카로 압송되었다
거기 이역에서 고슴도치가 되었다
오는 봄을 위해서는 국군이 참아야 했다
오지 않는 봄을 위하여 미군이 참아야 했다
신년에 이런 꿈을 꾸다니

통일이 안 되는 이유

분쟁이 있어야
돈을 버는 나라가 있다
그들은 악수를 원하지 않는다
그들은 평화를 원하지 않는다
끊임없이 시비하고 싸우게 만든다

분단이 있어야
형님이 되는 나라가 있다
그들은 호미를 만들지 않는다
그들은 다리를 만들지 않는다
끊임없이 무기를 대고 맞서게 한다

그들에게 영원한 친구란 없다
소용이 없으면 곧바로 버려진다
필요가 있으면 곧바로 친구가 된다
어제의 적도 오늘의 부도덕도 동지가 된다
그게 냉엄한 그들의 법칙이었다

그들에게 분쟁은 먹을거리다

그들에게 전선은 유지되어야 한다
그래야 그들의 경기가 돌아간다
그래야 세계의 경찰로 거듭난다
그런 냉엄함 때문에 통일이 안 된다

그래도 통일이다

통일하자는
그 말이 식상해졌다
통일하자고
너무 많이들 외치다 보니
이젠 공허한 메아리가 되었다

통일하자는
그 절절한 말이 다가오지 않는다
통일하자고
너무 오래 소원하다 보니
이젠 콧방귀도 뀌지 않는다

통일하자는
그 마땅한 말이 왜 이럴까
통일하자고
내미는 손의 온도가 달라서 그러는가
던지는 돌의 무게가 적어서 그러는가

통일하자는

그 소원의 말이 왜 이럴까
통일하자고
이 정성 다해서 그러자고 노래하다 보니
이젠 통일이란 말도 없어졌다

그래도 통일이다

북에서 온 편지

강진상 씨는 경북 합천군 금리에서 태어난다 아버지가 1946년 10월항쟁(합천군민대회) 주모자로 몰려 방아재에서 학살된다 어머니도 그 시신을 찾아갔다고 끌려가서 어느 다리 밑에서 사살된다 이틀 사이로 5남매가 고아가 되었는데 둘째 형은 부모의 원수를 갚겠다고 의용군으로 자원하여 북으로 간다 진상 씨는 국군으로 입대하여 월남전에도 참전하여 국가유공자가 된다 그 후 이산가족찾기운동 적십자사를 통해 둘째 형의 편지를 받는다

한없이 보고 싶은 진상, 진화, 진국아!
12살(진상), 10살(진국), 4살(진화)의 너희들을 두고
부모의 원수를 갚자고 의용군에 들어와…
너희들에 대한 생각을 얼마나 하였는지 모를 게다
고향을 떠나 오늘까지 56년간 단 하루도 한시도 잊은 적 없고
꿈속에서도 찾으며 그리워하는 내 고향,
경치 좋고 살기 좋은 금리가 눈앞에 삼삼히 안겨오누나
마을 뒷산 밑은 참대숲이 우거지고
그 우엔 밤나무들이 무수하게 솟아 있는 곳,

마을 앞 양천강은 예나 지금이나 맑게 흐르고 있겠지
너희들 살아 있다는 것이 나는 기적으로 생각한다
고모가 일생 동안 시집도 가지 않고 돌보아 주었다니
눈물겹도록 고맙고 존경심이 금할 수 없다
내가 저세상에 가기 전에 할아버지 할머니 아버지 고모
묘소를 찾고 싶은 마음 간절하며 찾으면 내 손으로
따뜻한 술 한 잔 부어드리고 싶은 것이 절절한 소원이다
의로운 일에 우리 혈육들도 앞장서서
통일의 날 우리 모두가 떳떳이 만나도록 해야 하겠다

복기

아, 그날 피어났던 꽃 송이송이는 꽃사태였을까
문재인 대통령과 김정은 국무위원장이
군사분계선에서 마주 보고 악수하고
김정은 위원장 그 노란선 넘어와서 포옹하고
문재인 대통령, 저는 언제쯤 이 선을 넘을 수 있을까요?
김정은 위원장, 기럼 지금 넘어가 볼까요?
둘이 손을 잡고 그 선 넘어갔다 넘어오는데

아, 그날 새봄이 불어나서 폐부까지 화들짝 들어찼을까
평화의 집에서 훈민정음 글씨도 감상하고
김 위원장, 새 역사는 이제부터라고 방명하고
문 대통령, 저 길로 백두산에 가 보고 싶다고 물으니
김 위원장, 교통이 불비하지만 편히 모시겠다고 화답하고는
오늘은 북남 관계에서 저녁만찬을 위하여 평양냉면을 가져왔다고 하니
모두들 기립해서 박수를 쳐대니
방방곡곡 냉면 부르는 소리 넘쳐났을까
오후에는 53년생 소나무 식수하면서

백두산, 한라산 흙이 뿌려지고 대동강, 한강수가 듬뿍 부어지고

거기 표지석 앞에서 손도 잡고 사진도 찍고

아, 그날 훈훈한 노래는 우리 그립던 동포 여러분이었을까

두 정상이 도보다리 산책할 때

나란히 걸어가는 뒷모습이 아재종질 사이인 듯

회양목, 신갈나무, 붉나무, 고욤나무, 모감주나무

연두로 피어나서 풍경 속의 풍경을 만들고

녹슨 군사분계선 표지물도 만져 보고

거기 벤치에 앉아 환담할 때

산솔재, 청딱따구리, 소쩍새, 곤줄박이, 쇠박새, 오색딱다구리

반갑다고 평화하자고 자연하자고 화음을 넣어대고

꿩소리 유난히 크게 들리던 한가로운 도보다리를

지구촌이 까치발 들고 주목했을까

아, 그날 그 자리 널문리 선언은 꿈이었을까

그렇게 봄이 쉬이 와도 되는 것이었을까

그렇게 하나 됨을 좋이 선언했을까

여망처럼 봄꽃이 피고 웃음이 벙글고 눈물이 핑 돌았을까
하나의 핏줄, 하나의 역사, 하나의 문화였음을 확인했을까
그렇게 봄이 다 왔는데도
그런 새봄으로도 우리의 가을은 더디 오는 것일까
그렇게 피어나던 꽃 송이송이도 하늬바람 거스르지 못하는 것일까
아, 그날 맺었던 언약은 옥죄는 시샘으로 반짝 사라지는 것이었을까

대화

김옥균이가 민영익 집에 갔다

아니 이게 누굽니까? 고균 아닙니까

운미! 갑신의 일은 사과드리고 조선의 통일에 대하여 고견을 듣고 싶습니다

하, 걱정입니다 갑오년에 조선의 개화가 열강의 틈바구니에서 결국 일제 치하를 벗어나지 못하더니 해방이 되어서도 남북으로 갈라져서 대치하고 있으니 이게 통탄할 일이지요

한때 우리도 조선의 개화를 위하여 의기투합했지요. 하지만 개화니 쇄국이니 청이니 일이니 로이니 갈라져서 다퉜지요. 그러다 을사년의 비극을 겪어야 했습니다 통일도 만찬가지입니다. 조선의 이해가 아닌 외부의 이해가 담긴 통일은 비극일 뿐입니다

고균의 의견에 찬동이오 통일은 조선의 이해가 먼저지요. 하지만 지금 통일 논의는 외부의 힘에 의해서 끌려가는 것 같아요. 예전엔 통일이 안 되는 이유가 남북 위정자의 이해가 충돌하기 때문이라고 여겼지요 그런데 그보다는 외부의 힘이 작용해서 그런 것 같아요

그때 조선의 개화를 청이니 일이니 로의 힘을 빌리지 않

고 조선의, 조선만의 이해로 성사시켰더라면 이처럼 식민의 아픔도 분단의 서러움도 겪지 않았겠죠

지난날은 지난날이고 지금이 중요하지요 지금처럼 통일의 고리를 외부의 이해로 풀려고 하니 풀리지 않는 것이지요 그들의 이해는 조선의 이해와 다르기 때문이지요 그들은 조선의 통일을 바라지 않아요 그들에게 분단 고착이 더 많은 이익을 주기 때문이에요

운미가 옳습니다 통일은 조선의 이해로 성사되어야 합니다 그래야 조선의 번영과 부강을 바라볼 수 있습니다 그렇지 않는 통일은 또 다른 식민과 사대를 예고합니다 삼한일통이 실패한 이유도 신라가 당나라를 끌어들였기 때문입니다 그때부터 사대가 시작되었다고 봅니다

북핵 문제도 마찬가지예요 미국에서는 북핵을 통일과 결부시키는데 그건 잘못입니다 사실 북핵은 미국, 일본이 북한과 풀어야 할 문제입니다 그런데도 통일 논의의 전제조건이 되어 있으니 통일이 진척될 수 있겠습니까

대북 제재도 그렇습니다 북한의 경제를 꽁꽁 묶어서 고사시키겠다는 다수의 횡포입니다 남한이 식량 위기에 처한 북한 주민을 도우려고 해도 안 됩니다 의료니 비료 등

인도적인 교류도 끊겼습니다 개성공단을 재개하려고 해도 안 됩니다 금강산을 비롯한 북한 여행도 금지되어 있습니다 이러다 보니 당국 간 대화의 창구가 꽉 막혀 있는 것입니다

고균, 미국이 문제지요 그들은 그들의 이익에만 골똘하는 것 같아요 이처럼 대북 제재를 고집하면 북핵 문제는 풀리지 않아요 유연하게 비핵화 진전에 따라 제재를 완화시켜야 하지요 그리고 식량이나 의료, 비료 같은 인도적인 분야는 선제적으로 풀어야 합니다 그래야 대화가 되지요

통일이 꽁꽁 얼어 있습니다 판문점선언도 뒷걸음질 치고 있습니다 미·중의 이해가 겹치기 때문입니다 통일은 조선의 밥이고 집이고 옷입니다 조선의 이해가 담긴 담론이 필요합니다 통일이 되어야 막힌 혈도가 풀리고 지구촌의 평화가 유지됩니다

그렇지요 통일이 외면당하고 있지요 조선의 이해를 반영하지 못했기 때문이에요 북한에서는 남한이 미국 눈치만 본다고 하지요 남한에서는 북한이 판문점선언을 불온시 하고 있다고 하지요 민족자결주의 원칙에 따라 우리 민족끼리 통일을 논의해야 한다고 봅니다

옳습니다 조선의 이해가 반영되어야 통일은 가능하고 철조망이 사라집니다 우리 민족끼리 통일을 주도해야 외부의 이해에서 벗어납니다 개화기 허약한 조선을 벗어나서 부강한 조선이 펼쳐집니다 이산의 아픔이 풀리고 널리 인간이 이로워집니다

제2부

‘5월 광주’를 노래하다

무등산

광주에서 그가 말했다
어릴 적에
광주의 산이란 산은 모두가 무등산으로 알았다고
해도 달도 별도 거기에서 뜨고 지는 것으로 알았고
물도 바우도 구름도 거기에서 나려오는 것으로 알았다고

금남로 4가역에서 그가 말했다
모든 큰 소리는 무등산에서 들려왔다고
새소리도 물소리도 밤소리도 거기에서 들렸다고
북소리도 트럼펫 소리도 오포 소리도 거기에서 들려왔고
독경 소리도 함성 소리도 울부짖음도 거기에서 들려왔다고

송정리에서 소를 끄는 무등을 보았고
양동시장에서 품을 재는 무등을 보았고
용봉동에서 음을 고르는 무등을 보았으며
산수오거리에서 붓대를 잡은 무등을 보았다고
모든 평평한 것들은 거기에서 높아지는 것이었고
모든 드높은 것들은 거기에서 낮아지는 것이었다고

석양을 뒤로하고 그가 말했다
아직도 그때처럼
광주의 산이란 산이 무등산이었다고
세계의 산이란 산이 무등산이었다고
상서로운 모든 것들이 무등이 주는 선물이었고
상처 입은 모든 것들이 무등이 주는 시련이었다고

광주항쟁 11일기

5월 17일, 신군부는 비상계엄을 전국으로 확대하고 민주 인사를 구금하고 계엄군을 광주에 투입시켰다

5월 18일, 계엄군이 전남대 정문을 막아서고 대학생들을 마구 구타한다 대학생들이 금남로로 진출하여 시위를 벌인다 계엄군이 몰려와 마구 치고 패며 몰아낸다 시민들이 합세하여 시위대가 불어난다 계엄령을 철폐하라고 김대중을 석방하라고 전두환은 퇴진하라고 곳곳에서 계엄군과 대치한다 계엄군은 골목까지 쫓아와서 시위대를 곤봉으로 마구 때리고 옷을 벗기고 차에 태워 끌고 간다

5월 19일, 시위대가 1만여 명으로 늘어난다 금남로에서 계림동에서 충장로에서 진을 치고 계엄군과 대치한다 계엄군은 착검을 하고 장갑차를 몰고 다니면서 시위대를 압박한다 가톨릭센터 거리거리, 광주터미널 대합실까지 쫓아와서 무차별 폭행하고 총칼로 찌른다

5월 20일, 계엄군은 도로와 통신을 차단하여 광주를 봉쇄시킨다 시민들이 도청 광장에서 연좌 농성을 벌인다. 택

시 이백여 대가 경적을 울리며 시위대에 가세한다. 시신 2구가 리어카 실려 들어오고 시민들이 극도로 분노한다 저격수들이 조준 사격을 하고 시민들이 마구 쓰러진다

5월 21일, 시위대가 무장하기 시작한다 화순, 나주, 영산포 등지의 무기고를 털어 총을 든다 아세아자동차공장에서 장갑차와 대형버스를 몰고 나온다 전남 전역을 돌며 광주의 살상을 알리고 다닌다 시민군이 계엄군을 공격한다 총격전이 벌어지고 계엄군이 광주 외곽으로 철수한다

5월 22일, 시민들이 자발적으로 길거리를 청소하고 주먹밥을 지어 나른다 신부, 목사, 변호사, 교수, 정치인 등으로 수습위원회가 꾸려진다 계엄군과 교섭에 나선다 총기 반납을 조건으로 군대 투입 금지와 연행자 전원 석방, 사후 보복 금지 등을 요구한다 하지만 계엄군이 거부한다

5월 23일, 도청 분수대에서 시민궐기대회가 개최된다 상무대에서는 시신들을 모아 두고 시민들이 줄을 지어 희생자를 기린다 윤공희 주교를 위원장으로 새로운 수습위

가 꾸려진다 일부 수습위는 총기 이백여 점을 계엄군에 반납하고 연행된 시민 삼십여 명을 넘겨받기도 한다

5월 24일, 주남마을에서 버스를 타고 가던 양민이 학살되면서 교섭에 대한 의구심이 생긴다 무장 해제를 두고 투항파와 투쟁파로 갈라진다 도청 분수대에서 격론 끝에 투쟁파가 주도권을 잡는다

5월 25일, 김종배 씨를 위원장으로 새로운 집행부를 꾸린다 최후의 일각까지 반민주 세력과 싸울 것을 결의한다

5월 26일, 시민대표들이 진입하는 탱크를 저지하며 드러눕는다 계엄군은 무조건 투항하라고 최후의 통첩을 보낸다 시민군은 도청을 사수하겠다는 20여 명의 결사대를 남기고 철수하기로 한다

5월 27일 새벽, 전옥주 씨가 가두방송에 나선다 시민 여러분! 계엄군이 쳐들어오고 있습니다 우리를 잊지 말아 주십시오 계엄군은 병력 2만 5천 명으로 도청을 포위하고 무차별 총격으로 도청을 점령한다 윤상원 외 19명 전몰하다

그 목소리

내 귓속에
들어온 그 목소리
그때의 그대가 분명하다

잠을 자다가도
그 목소리 피어나서 흠칫
놀래라 그립던 그 목소리

길을 가다가도 뒤돌아다
머리채 흔들며 귓바퀴 붉히면서
가끔보다 애틋하고 솔깃하고 황홀하고

내 귓속에
똬리 틀고 속눈썹 깜박이며
볼웃음 짓는 아픔이여 위안이여

어제도 그제도 달포에도
그때 그대로 물살 짓는 그 목소리
눈물 나다 휘우듬한 도돌이표여

누군가의 그 목소리
귀에 들어간 몽예라고 부른다면
아프지 않을까 그럴까

오월에 피는 꽃

오월이면
광주의 오월이면
배고픈 새, 총 맞아 죽은 오월이면
망월동 거리거리 이팝꽃
무럭무럭 피어납니다

오월에 피는 꽃은
찔레꽃, 아카시아, 산딸꽃, 산사화, 물푸레, 때죽나무
순백의 하얀 꽃만 오지게도 피어납니다
가신 님 고이 보내 드리려는 눈물꽃입니다

오월에 피는 꽃은
자유, 평등, 박애, 저항과 정의의 꽃
하나됨으로 메이 피플로
뜨겁게 뜨겁게 피어납니다
오월을 오월답게 하려는 민주주의 꽃입니다
사랑도 명예도 비워두려는 광주의 꽃입니다

오월이면

광주의 오월이면
배고픈 새, 손에 손을 잡고
남누리북누리 통일의 꽃으로 피어납니다
르완다에서도 팔레스타인에서도 미얀마에서도
평화의 꽃으로 피어납니다

오월에 피는 꽃은
순백의 하얀 꽃만 오지게도 피어납니다
가신 님 다시 돌아오게 하려는 살살이꽃입니다

대구에서 광주를 말하다

1946년 10월 1일 대구는
미군정의 실정에 분노한 노동자들이 총파업 투쟁을 벌였지
공장 폐쇄와 해고 반대, 임금 인상하라고 민주인사 석방하라고
시민들도 부청으로 몰려들어 배고파서 못 살겠다고 쌀을 달라고
농지 개혁 단행하라고 양곡 수집 중지하라고 요구했지
그 후 34년이 지나서 광주에서 민중항쟁이 일어났지
용봉에서 충장에서 금남에서 신군부의 야욕을 폭로하며 시위를 벌였지
김대중을 석방하라고 민정 이행 약속 지키라고 전두환은 물러가라고

10월 2일 10시
대구역 군중집회에서 경찰의 총격에
격분한 대구는 시신을 메고 피의 대가를 받으라고
대구역에서 공회당, 노평을 거쳐 경찰서로 행진했었지
경찰서를 포위하고 경찰들을 무장 해제시키고 서장의

항복을 받아내었지
그 후 34년이 지난 광주에서
계엄군이 전남대 정문을 막아서고 학생들을 무차별 구타했었지
계엄군이 착검을 하고 장갑차를 몰고 다니면서 시민들까지 총칼로 학살했지
이에 격분한 시민들이 가세하여 각목과 쇠파이프로 계엄군과 맞섰지
차량 시위가 벌어지고 시위대가 불어나자 계엄군의 무차별 총격으로 시민들이 쓰러졌지

10월 2일 14시에
대구의 거리거리 친일파 단죄하라고 미군정 타도하자고
돌을 던지고 주먹을 휘두르며 경찰벽을 넘어서다가
총기가 난사되어 수십 명의 시민들이 쓰러졌지
그 후 34년 뒤에 광주에서
시위대도 무기고를 털어서 무장하기 시작했지
도시 곳곳에서 총격전이 벌이지고 계엄군이 광주 외곽으로 철수했지

계엄군은 광주로 통하는 도로와 전화, 통신을 차단하여 광주를 봉쇄시켰지

하지만 광주는 주먹밥을 나누면서 범죄 하나 없는 해방구를 만들었지

10월 2일 19시에

대구에서 분노한 군중들이 경찰들을 구타하고

무기고를 털어 총기로 무장하기 시작했지

친일파가 색출되었고 악질 지주의 집이 털리고

시내 도처에서 총격전이 벌어져서 피아 사망자가 생겨났지

곧바로 계엄령이 발동되고 미군정이 탱크를 몰아 진압하기 시작했지

그 후 34년이 지나서 광주에서

시민수습위원회가 꾸려지고 계엄군과 교섭을 벌였지

일부 수습위는 총기를 반납하고 연행된 시민들을 넘겨받기도 했지

하지만 계엄군의 주남마을 학살사건이 터지면서

교섭이 깨지고 시민군은 투항파와 투쟁파로 의견이 갈

렸지

10월 3일 정오
미군정의 무력 진압과 쌀값 폭등에 분노하여 영천에서
시위대가 경찰서를 습격하고 우체국 건물을 불태웠지
구미에서도 시위대가 경찰서를 점거하고 친일파 부호들의 가산을 몰수했지
성주, 고령, 김천, 예천, 영일, 경산에서도 농지 개혁 단행하라고 친일파 청산하라고 일어났지
그 후 34년이 지난 광주는 분수대에서
끝까지 싸우자고 결의하고 새로운 항쟁위를 구성했지
무력 진압에 대한 정부의 사과와 계엄군의 철수를 요구했었지
하지만 신군부는 무조건 투항하라고 최후의 통첩을 보내왔지
항쟁위는 광주 시민의 핏값에 보답하겠다고 민주주의를 지키겠다고
도청을 사수하며 최후의 항쟁을 벌였지

80년 광주에서 온 편지

그때 나는 군대에 있었다

계엄사령관이 광주에서 폭동이 일어났다고 발표했다 폭도들이 관공서를 습격해서 무정부 상태라는 것이다 신문에서도 복면을 한 무리들이 총을 들고 트럭을 타고 있었다

선임이 은밀히 불렀다 광주에 폭동이 일어난 게 아니라고 했다 데모를 진압한다고 공수부대가 투입되어서 곤봉으로 마구 때리고 대검으로 찔러서 많은 시민들이 죽었다고 했다

고개를 갸우뚱했더니 편지를 보여주었다

사랑하는 00씨에게
지금 광주에 난리가 났어요
계엄령이 내려지고 공수부대가 들어와서
전대 정문을 막고 거리거리 몰려다니면서
시민들을 마구 죽여서 피범벅이 되었어요
시민들이 무기고를 털어서 총을 들었어요
지금은 군대가 물러나서 외곽을 막고 있어요
기차도 버스도 멈췄어요 시외 전화도 끊겼어요
광주가 고립되었어요 누구도 벗어나지 못해요

언제 군대가 다시 쳐들어올지 불안한 나날이에요
뉴스에서는 폭도들이 광주를 점령했다고 떠들어대요
시민들이 나서서 진실을 알리려고 이렇게 편지를 써요
광주는 시민대책위원회가 꾸려지고 사건 사고 하나 없어요
광주는 폭도가 아니에요 민주주의를 원해요

금남로

우리 사이에 강물이 흐른다
우리 사이에 사막이 가로놓여 있다
너는 화톳불 놓고 스크럼 짜고 다가온다
나는 방패로 진압봉으로 막아서며 저지한다

적인도 악연도 아닌데
너는 무찌르고 나는 물리쳐야 한다
최루탄 가스 자욱한 아스팔트 거리에서
너는 무엇을 위해 불을 놓아야 하고
나는 누구를 위하여 불을 꺼야 하는지

우리 사이에 강물이 흐른다
우리 사이에 사막이 가로놓여 있다
나는 승리에 승리를 얻어내고자 하고
너는 좌절에 좌절을 이겨내고자 하고
오늘도 내일도 승산 없는 싸움은 이어졌다

어느 때에나 나는 너를 기다리고
너는 신기루처럼 가물거리며 몰려온다

너는 찬란한 도시의 침묵에 돌을 던진다
나는 사막의 평화를 지키고자 방패를 세운다
네가 던진 화염병에 은행잎이 우수수 떨어지고 있었다

해방구

광주항쟁 지도부는 행정과 치안을 맡아서
이렇다 할 사건사고 하나 없는 해방구를 만들었다
양곡을 분배하고 생필품을 나누고 주먹밥을 나누면서
상흔의 광주를 복구하고 치유하는 등 민중자치 광주꼬뮌이 되었다

동학군은 전주성을 점령하고
전라도 전역을 해방구로 만들었다
집강소를 설치하고 12개 폐정 개혁을 단행하고는
서자도 백정도 노비도 없는 그런 세상을 열었다

일제 패망일에 여운형은 좌우 합작
민간자치기구인 인민위원회를 조직했다
시급했던 행정과 치안은 물론 식량 배급, 선전까지 맡았으며
학교를 설립하고 자치 교육을 실시하는 등 실질적인 정부 기구였다

좌익 반란군 염상진은 퇴각하면서

율어를 장악하고는 해방구로 선포했다
토지 개혁을 단행하면서 농민들의 지원을 받았으며
벌교, 보성 지역 농민들의 부러움의 대상이 되었다

6월항쟁도 월드컵도 촛불혁명도
광장의 문을 여는 뜨거운 해방구였을 것이다
금남로 거리거리 수천수만 목소리가 그 염원이
바리케이드를 넘어서서 달리고 달렸던 포도가 해방의
시작이었다

살아남은 자여

갑오년에 우금치 전투에서 살아남은 자여! 공주에서 상주에서 금구에서 석대벌에서 살아남은 자여! 일제는 그들을 동비라고 했다 봉기에 봉기를 거듭하면서 패전에 패전을 거듭하면서 마지막까지 살아남은 자여!

지리산 빨치산 유격대에서 살아남은 자여! 추위와 기아에서 재귀열병에서 살아남은 자여! 국방군은 그들을 공비라고 했다 반제에 반제를 거듭하면서 출몰에 출몰을 거듭하면서 마지막까지 살아남은 자여!

제주항쟁 산사람이 되어서 살아남은 자여! 예비 검속에서 소개령에서 중산간에서 살아남은 자여! 토벌대는 그들을 역도라고 불렀다 반대에 반대를 거듭하면서 은신에 은신을 거듭하면서 마지막까지 살아남은 자여!

80년 오월 광주에서 살아남은 자여! 공수부대의 만행에도 헬기 사격에도 도청진압작전에도 살아남은 자여! 신군부는 그들을 폭도라고 했다 타도에 타도를 이어가면서 사수에 사수를 이어가면서 마지막까지 살아남은 자여!

죽지 않고 살아서
죽은 자의 입이 되어서
마지막까지 살아남은 자여!

변, 임을 위한 행진곡

정부가 말한다
제창은 안 되고 합창을 해야 한다고
국민 통합을 위하여 합창을 해야 한다고
그런데 모두가 함께 부르는 제창이 왜
국민 통합을 가로막는지 모르겠다

가해자가 말한다
제창은 안 되고 합창을 해야 한다고
그들만의 세상을 위하여 합창을 해야 한다고
그런데 모두가 함께 부르는 제창이 왜
그들만의 세상을 가로막는지 모르겠다

정부가 말한다
산 자들이 부르는 노래가 불온하다고
잉걸불을 삭히기 위하여 합창을 해야 한다고
그런데 합창단이 부르는 노래가 어떻게
잉걸불을 삭힐 수 있는지 모르겠다

가해자가 말한다

죽은 자를 기리는 노래가 불편하다고
과거를 지우기 위하여 합창을 해야 한다고
그런데 합창단이 부르는 노래가 어떻게
과거를 지울 수 있는지 모르겠다

제창이나 합창이나
임을 기리는 노래일 뿐인데
저것은 되고
이것은 안 되는지
누구는 시험에 들게 하고
누구는 시험에 빠지게 하는지

청년 신영일

– 광주 5월의 들불열사

갑오년 배들평야 태우던
그 불씨 사르고 살려
들불야학 열었던가요

미완의 4월에 껍데기는 가라고
그 외침들 키우고 키워
유신 독재의 사슬 끊어냈던가요

80년 5월, 초토의 땅에서
그 주검, 그 진실 알리고 알려서
6월항쟁의 깃발 들었던가요

눈 먼 자들의 눈이 되어서
아픈 자들의 손이 되고 발이 되어서
노래가 되어서 횃불이 되어서
빼앗긴 민주주의 되찾아 왔던가요

살아서는 민중의 방패로
죽어서는 민중의 창으로

외로운 씨앗이 되어서
더디고 더딘 세상 다시 사시는가요

높이 나는 새가 되어서
높이 나는 지표가 되어서
5월 영령들의 입이 되어서
당신, 청년의 모범이었던가요

합수 윤한봉
– 5·18 마지막 수배자

당신은 다만 합수라고 불리기를 바랐습니다
이 땅의 민주와 통일을 위하여 그리고 민중을 위하여
스스로 똥거름이 되겠다고
스스로 바닥이 되겠다고 평화가 되겠다고
그렇게 하느님은 낮은 곳에서 높임을 받는다고
그렇게 예수님은 말구유에서 오시는 광영이라고

낮은 곳으로 임하소서
당신은 항상 낮은 자의 하느님이었습니다
당신은 진실로 낮아져서 성심을 다해서
전화를 하고 조직을 꾸리고 독재와 모순과 싸웠습니다
그 참혹한 5월에서 살아남은 죄인이었기 때문입니다
5월 영령들과 함께하지 못한 죄인이었기 때문입니다
그들의 죽음을 헛되이 하지 않겠다는 의인이었기 때문입니다
아직 못다 한 이야기들 세상천지에 전해줘야 하기 때문입니다

당신은 화물선 화장실에 숨어 밀항하면서

고백했습니다 기도했습니다
5월 영령들이시여!
이 못난 도망자를 용서하여 주시고
이 못난 놈이 무사히 목적지에 도착할 수 있도록
열심히 활동해서 살아남은 죄, 도망친 죄를 씻어내고
떳떳이 돌아올 수 있도록
보호하여 주시고 격려하여 주옵소서

당신은 민족학교 심부름꾼 소사로 만족했습니다
당신은 수배가 풀리고 귀국할 때도 겸손했습니다
당신은 개선장군이 아니라고
5월 영령들과 함께하지 못한 도망자 신분이라면서
명예가 아닌 멍에로 살겠다고
귀인이 아닌 짐꾼처럼 살겠다고 선언했습니다
5·18기념재단 설립을 주도하면서도
아무것도 받지 않고 백의종군했습니다

낮은 곳으로 임하소서
높은 자의 하느님은 항상 타인에 불과하다고

낮은 자의 하느님만이 내 모든 것을 예비하신다고
12년 망명 생활 동안
침대에서 안 자고 허리띠도 안 풀고 샤워도 안 하고
햄버그도 안 먹고 영어도 안 쓰고 운전도 안 배우고 그렇게
당신 것 하나도 챙기지 않고 살아왔습니다
고국으로 돌아와서도
변함없는 전라도 촌놈으로
타고난 일벌레로 바닥을 훑으면서
사분오열된 조직을 통합하고 새로운 조직을 만들면서
똥가방 하나 메고 민중 속으로 민중 속으로

평생 낮은 곳에 임하면서
낮은 곳의 하느님으로 높임을 받으면서도
당신은 다만 합수라고 불리기를 바랐습니다
이 땅의 민주와 통일을 위하여 민중을 위하여
스스로 똥거름이 되겠다고
그렇게 당신은 살아남은 자의 의무를 다하고는
이제 5월 영령들과 어깨를 나란히 하신지요
5월 영령들과 함께 하늘에 우뚝 하신지요

시민군 정해직

– 5월 항쟁지도부 민원부장

죄명이 내란중요임무 종사죄라네
1심에서 10년을 받았고
2심에서 5년으로 줄었고
10개월 옥살이하고 가석방 되었지요
학교에서 해직되어 3년 후에 복직

그날은 일요일이었어요
수창초등학교 앞에서 계엄군의 만행을 보았어요
계엄군이 인디언 사냥하는 백인들 같았어요
대학생들을 쫓아가서 곤봉으로 후려치고 군홧발로 짓밟고
다리를 잡고 질질 끌어오고 옷을 벗기고 무릎을 꿇리고
한꺼번에 트럭에 싣고 어디로 가는 거예요
다음 날 학교에서 수업이 안 되었어요
어제 광주의 일이 떠올라서 광주에 가야겠다고 하고는
아이들 돌려보내고 곧장 광주로 와서 시위에 가담했지요
사람으로서 있어서는 안 되고 두고 볼 수 없어서 붙은 거예요
전남도청과 녹두서점을 오가면서 동지들을 모았어요
무고한 시민들이 죽어간다고 전두환은 물러가라고 구호

를 외쳤지요

궐기대회에서 낭독할 희생자 가족에게 드리는 글을 쓰기도 하고

우리는 왜 총을 들었는가라는 전단지도 맹글었지요

새로운 항쟁지도부가 꾸려지면서 민원부장을 맡아서

시신을 수습하고 행불자 접수를 받고 생필품을 공급하고 민원을 받고

시가지를 청소하고 시장을 열고 시내버스를 운행하라고 하기도 했지요

계엄군이 물러난 공백기의 광주는 차분하고 평화로웠어요

도둑 하나 없었고 폭력배도 약탈자도 사재기도 없었지요

라면이나 담배는 한정 판매되었고 주먹밥을 나누고 그야말로 시민공동체였지요

그런데 계엄군이 최후통첩을 하면서 달라졌어요

도청에 남으면 죽는다는 걸 직감하고들 있었지요

자청 타청 하나둘 떠나가는 거예요

저 담장만 넘으면 살 수 있을 것 같았어요

발걸음이 나도 모르게 그쪽으로 가더라고요

민원부 학생 10여 명을 돌려보내고 결전을 준비했지요

하지만 자꾸 엄니 생각이 나고 아이들의 얼굴이 스치는 거예요

27일 3시, 2층 창가에서

카빈 소총을 걸치고 경계에 나섰지요

새벽의 거리는 고요하기만 했어요

미리 닥쳐올 패배를 예고하고 있었어요

미리 다가올 부활을 예견하고 있었어요

그때 건물 안에서 총소리가 요란하게 났어요

계엄군이 앞쪽이 아니라 뒤쪽으로 온 거예요

동시에 헬기가 뜨고 일제 사격을 해왔어요

우리는 황급히 식산국장실로 피했지요

정부군과 총으로 맞설 수는 없었던 거예요

여기서 살 수 있을까 그런 여망뿐이었지요

도리가 없었어요 체포되어 고문당하고

거짓 자백을 강요당했지요

인간성을 포기당한 시간이었지요

527

그날, 광주의 밤거리는
인기척 하나 없었다
차도 끊기고 네온사인도 꺼지고
모두가 정지 화면처럼 멈춰 있었다

그날, 광주의 밤거리는
예측하고 예감하는 것만 남았다
어둠 속에 꼭꼭 숨어서
귀가 커지고 코가 길어나고
예리한 촉수들만 밤마실 나갔다

그날, 광주의 밤거리는
죽음을 기다리는 도시처럼
바람 한 점 들지 않고
꽃 한 송이 피지 않았다

그날, 광주의 밤거리는
부활을 꿈꾸는 도시처럼
새날의 축포가 터지고

대축일의 밀알들이
찬란하게 스러지고 있었다

그날, 광주의 광주의 밤거리는

제3부

'제주 4·3'과 '여순항쟁', '대구항쟁'

여수동백

여수라고 벙긋하면
저도 모르게 벙글어져서
붉은 속내 드러내는가

아픈 멍울이 붉거지고
그날의 그 이름 물어물어
여민 가슴 속속들이 빠개지는가

물 맑은 여수바다
못내 그립던 사랑 겹겹이 피어나서
동박새도 직박구리도 저 좋다고 화답하는가

여수라고 벙긋하면
저도 모르게 뚝뚝 떨어져서
언 땅 벌겋게 물들이는가

제주도 오름

올라가야 슬픔이 보이는 곳
머리카락 흩날리며 길어져서 가을이 되는 곳
거기 물봉선도 향유화도 용담꽃도 피어나지만
조릿대도 억새도 청미래덩굴도 자라난다지만

올라가야 아픔이 보이는 곳
창 터진 자리 죽은 자도 산 자도 한데 어우러지는 곳
왜 쏘았니? 왜 죽였니?
곤줄박이 한 마리 쏜살같이 숲 너머로 날아간다지만

올라가야 용서가 보이는 곳
붉은 상처길 둘레둘레 달처럼 둥글러지는 곳
사름들이 학살당하고 풀 한 포기도 성하지 못했지만
오르는 오름마다 말이 막히고 숨이 막혀서 한 생을 건너 간다지만

올라가야 평화가 보이는 곳
하늘도 바다도 들도 산도 어우러지게 하는 곳
구럼비바위 깨어지고 연산호도 층층고랭이도 신음한다

지만

수평선 너머 화약 냄새 진동하고 백상아리도 범고래도 들어온다지만

올라가야 희망이 보이는 곳

미움도 증오도 화해가 되고 상생이 되어서 송이송이 피어나는 곳

슬픔도 아픔도 어영나영 구릉이 되고 산록이 되고 바람이 되고

제주도 풍광이 된다지만 물장오리 설문대할망 비구름 몰아온다지만

파르티잔

그대 그 산 오르는가
꽃 피어서 오르는가
강 건너 서덜이 지나서
산등성이 돌아서 절벽을 타고
신념의 그 산 오르는가
새봄이 피어나서 오르는가

그대 그 산 숨어드는가
숲이 우거져서 숨어드는가
견불사 선녀굴 독바위 루트를 타고
반미 반제 해방 투쟁 돌입하는가
벽소령 비리내골 유격 아지트에도
산안개 무럭무럭 피어오르는가

그대 그 산 내려오는가
노을이 붉어져서 내려오는가
분대로 소조로 무리 지어 총대 메고
피의능선 골짝골짜기 내려오는가
마천으로 삼정으로 밤의 나라로

칠십 리 길 보급 투쟁 나서는가

그대 그 산 누우시는가
나목에 기대어 누우시는가
진달래 철쭉 잡목림 바위틈 사이사이
엉치뼈로 철모로 구멍 난 해골로
만년필도 숟가락도 잃어버리고 그대여
벽소령 푸른 달빛 아래 누우시는가

푸른 하늘 시월에

– 대구 시월항쟁에 붙여

시월에
푸른 하늘 시월에
흰옷 입은 사람들 거리로 거리로
마를 대로 마른 갈바람이었네 주림이었네

시월에
푸른 하늘 시월에
속불이 터지는 사람들 부청으로 부청으로
익을 대로 익은 고함이었네 목울음이었네

배고파서 못 살겠다고
쌀을 달라고 양곡 수집 중지하라고 농지 개혁 단행하라고
개똥이도 소똥이도 몽둥이 들고 리퍼 들고 짱돌 들고
풀 먹은 광목처럼 경찰벽으로 경찰벽으로

친일파 척결하라고 구속자 석방하라고
이게 해방이냐고 일제보다 더하다고 인민위원회 인정하라고
천이 되고 만이 되어 총탄에 쓰러지고 계엄령에 맞서면서

농투성이 사마귀들 탱크를 막아서며 해방으로 해방으로

시월이면
푸른 하늘 시월이면
쌀을 달라고 농지 개혁 단행하라고
영천에서 칠곡에서 의성에서 허옇게 버캐너울이었네

사드는 가라

사드는 가라
평택도 원주도 음성도 저어하고
칠곡도 성주도 김천도 저어하고
온 나라가 저어하는데
지 맘대로 머리 들이밀고 들어오는
저 사드는 가라

사드는 화약고다
미사일도 폭격기도 장사포도
선제 타격하는 눈에 난 표적이다
산도 들도 불사르고
집도 절도 불사르고
도시도 민간도 초토화시킨다

사드는 신식민지다
고고도미사일 막아준다며 들어와서는
이 나라 저 나라 감시하고 시비하고
이 나라 저 나라 간섭하고 위협하고
힘에는 힘으로 핵에는 핵으로 막겠다는

제국주의 대리전쟁이다

사드는 가라
방사능도 전자파도 싫다
성산리도 소성리도 백마산도 저어한다
북한도 중국도 러시아도 저어한다
고요한 아침의 나라 시험에 들게 하는
모든 포대는 가라

여순항쟁

제주 4·3항쟁이 일어나자
거기 진압 명령을 받은 제14연대는
우리는 동포를 학살할 수 없다며
38선 철폐와 조국 통일을 명분으로
무장봉기한다

궐기문
우리들은 조선 인민의 아들, 노동자, 농민의 아들이다 우리는 우리들의 사명이 국토를 방위하고 인민의 권리와 복리를 위해서 생명을 바쳐야 한다는 것을 잘 안다 우리는 제주도 애국 인민을 무차별 학살하기 위하여 우리들을 출동시키려는 작전에 조선 사람의 아들로서 조선 동표를 학살하는 것을 거부하고 조선 인민의 복지를 위하여 총궐기하였다
1. 동족상잔 결사반대
2. 미군 즉시 철퇴
제주도출동거부병사인민위원회

봉기군은 곧바로 경찰서와 관공서를 점령하고 순식간에

순천, 벌교, 보성, 고흥, 광양, 구례를 거쳐 곡성까지 장악한다

이승만과 미군정은 광주에 '반란군토벌사령부'를 설치하고 진압작전에 나선다 봉기군은 병력과 화력에 밀려 여수를 버리고 백운산, 조계산 인근으로 후퇴한다 1950년 초까지 백운산, 지리산, 백아산, 불갑산, 회문산 등지에서 게릴라전이 이어진다

형제묘

형제묘라고 하니까
형제들이 오순도순 같이
묻혀 있는 무덤으로 알겠지
양지 바른 곳 그 전망 좋은
만성리 앞바다를 바라보면서
평화롭게 누워 있으니까 말이야
너도, 거기 자리 잡고 싶다고 하겠지

그런데 그게 아니야
여순항쟁 때 죽은 사람들의 무덤이야
무고한 양민들이 부역질도 안 했는데
누군가 이 사람이 부역자라고
손가락으로 가리키면 바로 부역자가 되어
즉결 처형되어서 시신마저 태워져서
암매장 된 곳이라니
가족들이 시신을 수습할 수 없어서 한꺼번에
봉분하고 형제처럼 지내라고 했다니

이승만 정권은 계엄을 선포하고는

제주4·3 진압 명령에 불복한 군인들은 물론
양민들까지 부역자로 잡아들여서
여기까지 끌고 와서 5명씩 묶어서 총살하고는
그 시신들을 장작더미에 올려놓고 기름을 붓고
자그마치 다섯 단이나 쌓아서 불태웠대
그 불이 사흘 넘게 타올랐고 냄새가
달포가 넘도록 코를 찔렀대

70년이나 지났으니 이젠
아픔도 슬픔도 비바람에 씻겨 갔다고 하겠지
그런데 그 상처들, 비석 속에 고스란히 남아 있었으니
아직까지도 가족들은 이름자도 비문도 꽁꽁 숨기고 살았다니
혹시 모를 연좌제를 걱정해서 말이야
저기 차들만 씽씽 달리고 있고만

느티나무 증언

뭐 헌다고 이제서야
그렁 걸 물어보고 그런다요
지리산 자락에서 살았지람
아비는 부역질혔다고 끌려갔지요
엄니는 몽둥이 맞고 앓다가 죽었지람
그려도 언니라도 있어서는 성제들 구안혔지람
살던 집 꼬실라져서 핵교 마당에다 움막을 치고
요상허게 솥단지를 걸었는디 뭐 끓일 게 있어야지람
불난 터에서 뭐라도 있을까 뒤지고 꿔오고 동량질허고
나무껍질 풀뿌리로 풀때죽 쑤어서 연맹혔지람 흙도 파먹고요
거지도 그런 상거지가 없었지람 아이고! 가래 냄새가 나고
이자 그런 세상에선 못 살아람 징글징글혀서
그런 애기 허며는 거짓갈인 줄 알어요 뭔 소린고이 그런당께요
펄써 70년이 넘었구만요 모진 세월이었지라요
빨갱이 집안이라고 손가락질 당허고 숨도 제대로 쉬지 못혔당게요
자식들 신원 조회 걸리고 취직도 못 허고 농투성이로 살

았구만요
지금 생각혀도 너무혔어요 억울하고 원통하구만요
산사람들 내려와서 밥해 달랑게 밥해 주었죠 무서워서
거절허면 총질헐까 봐 아비는 등짐 져다 주었는디 그게
뭔 죄가 된다고 잡아다가 죽이고 아비는 어디에서 죽었
는지 몰라요
엄니는 몽둥이로 몰매 당혀서 보름도 못 버티고 죽었당
게요
우리 집만 그렇게 아니랑게요 동네 사람들 모태 놓고는
총질허고
씽씽한 남재들은 모다 끌고 가서는 몰살시켰다고 그러
대요
썩을 놈들 집이란 집 불 질러서 못 살게 허고는 그게 헐
짓인가람
펄써 70년이 넘었구만요 모진 세월이었지람 이 속에 꽁
꽁 쟁이고 살았지람

제주항쟁

1947년 3·1절에 관덕정에서 데모가 벌어졌어 단정단선 반대한다고
기마경찰 말발굽에 어린애가 다쳤어 흥분한 군중이 돌을 던지자
경찰이 마구 발포해서 민간인들이 여러 명 죽었지
그런디 당국은 군중이 폭행에 가담해서 불가피했다는 거야
참다 못한 도민들은 나서서 총파업 투쟁에 들어갔어
제주도청, 우체국, 은행, 회사원, 노동자, 교사, 학생은 물론
일부 경찰까지 동참허고 상가도 철시하는 등 유례가 없었지
하지만 미군정은 그것을 남로당의 선동으로 몰아서는
도지사, 군정간부들을 모두 외지인으로 바꾸고 응원경찰을 증파하고
서북청년단까지 들여서는 검거작전에 나섰어 파업 주모자를 색출헌다고
마을과 지서에서 서북청년단이 주둔허면서 끄떡허면 주민들을

빨갱이로 몰아서는 잡아가고 죽이고 약탈했지
제주도를 빨갱이 섬으로 낙인찍은 거야
그해 이천오백 명이 검거되고 고문과 테러가 자행되었어
민심이 돌았지 이를 보고 남로당이 나서서 무장봉기한 거야
한라산 오름마다 횃불이 타올랐지
그것을 신호로 무장대가 경찰지서와 서북청년단을 습격했어
그게 1948년 4월 3일 새벽이었어

호소문
시민 동포들이여! 경애하는 부모 형제들이여! '4·3' 오늘은 당신님의 아들 딸 동생이 무기를 들고 일어섰습니다 매국 단선 단정을 결사적으로 반대하고 조국의 통일 독립과 완전한 민족 해방을 위하여! 당신들의 고난과 불행을 강요하는 미제 식인종과 주구들의 학살 만행을 제거하기 위하여! 오늘 당신님들의 뼈에 사무친 원한을 풀기 위하여! 우리들은 무기를 들고 궐기하였습니다 당신님들은 종국의 승리를 위하여 싸우는 우리들을 보위하고 우리와 함께 조

국과 인민의 부르는 길에 궐기하여야 하겠습니다

미군정은 경찰력으로 안 되니까 군부대 병력을 출동시켰지
하지만 산속에 숨어서 총을 쏘는 무장대를 진압하기는 어려웠어
그래서 평화 협상이 벌어졌지 그들이 먼저 나선 거야
맨스필드 중령, 김익렬 중령과 김달삼이 만나서 사태를 해결한다고
그게 4·28 협상이었어

협상문
1. 72시간 내에 전투를 완전히 중지하되 5일 이후의 전투는 배신행위로 본다
2. 무장 해제는 점차적으로 하되 약속을 위반하면 즉각 전투를 재개한다
3. 무장 해제와 하산이 원만히 이뤄지면 주모자들의 신병을 보장한다

하지만 우익들이 오라리 마을을 습격하면서
협상이 깨지고 토벌대와 무장대 간에 충돌이 이어졌어
5·10 총선거에서 2개 선거구가 무효 처리되었지
토벌대가 탈영해서 무장대에 가담하는 일도 벌어졌어
신임 연대장 박진경이 암살되면서 소강 국면을 맞기도 했지
이승만 남측 정부가 들어서면서 다시 진압작전이 벌어졌어
해안에서 5㎞ 이상 떨어진 지역을 통행금지 구역으로 삼았고
거기 통행하는 자를 폭도배로 간주한다는 포고문이 발표되었지
마을을 모두 소개시키고 거기 주민들까지 죽임을 당했어
중산간은 물론 해안마을까지 마구잡이로 학살이 자행되었어
그러니까 입산하는 주민들이 늘어났지 육지것들이 무섭고 싫어서 말야
1949년 3월에 제주도전투사령부가 창설되었어
대대적인 토벌작전이 벌어졌지 귀순하면 용서한다는 사

면령도 내려졌어
진압과 선무 병용이었지 그때 대다수 난민들이 산에서 내려왔어
6월에 이덕구 유격대사령관이 사살되면서 4·3 제주항쟁은 끝났지만

성주사람

내 집에
저런 먹구름 들이지 마라

내 가슴에
유기질 단내 나는 내 가슴에
저런 두려운 것 심지 마라

내 곧은 눈
화톳불 이글거리는 두 눈에
저런 고약한 사술 피우지 마라

내 가는 길
닿는 대로 평화이고 푸르던 내 길에
저런 철조망 치지 마라

내 기침 소리
벌겋게 각혈하는 내 기침 소리
저런 불구덩이 외세는 아웃

죽비

이런 소개당헐 놈이시랭
4·3이 국가기념일 되었다고랭
이제 정갱이 뻗고 지내램시냐고
아직 이름 석 자도 찾지 못함시러
세월랭 네월랭 풍월이나 읊으랭시냐
둥글멍 봉개동 거친 자락에 꽃핀댕시냐
거새기 명분을 바로 세워야 할 거 아니가
느 속엔 해원의 영개소리 아니 들렴시냐

눈감고 입 닫고 죽어지랭 74년이라
저기 봇물 터지는 응원이 아니 들렴시나
느야말로 섬사름의 장두였지 탄압허면 불끈한댕
이 나라가 반 토막 남아서랭 아니 된댕
저들이야 무장 폭도랭 남로당이랭 햄시카
그게 걸린다고 차선이나 찾을 거시냐
명명백백 정명허지 못하멍 허당이랭
해방 적엔 좌익도 우익도 합법이어시네

이념이니 성격이니 그런 해명이 남아시냐

비폭력 평화주의자라도 되엄싱고라
위령허고 해원허고 화해허면 다 되엄싱고라
뭐 통일이 되는 그날에 헌다고랭
이런 조항할미 외면헐 놈이시랭
정명허지도 못함시랭 통일을 외울럼시냐
이질지질 끌다가는 뱅뒤앗 귀신되켜
치워라! 세우지 못하면 불끈허켜

단도론

신축년 이재수의 민란 때
봉세관 강봉헌이 민포를 징수하고 심지어 집, 나무, 가축, 어장, 어망, 노위, 잡초에 까지 세를 매기니
민군들의 행렬이 봇물처럼 대정에서 제주읍성까지
척사기 높이 들고서 세폐를 시정하라, 교폐를 시정하라고

제주 해녀항일운동 때
일제와 결탁한 어업 조합 측이 부당한 세금을 징수하고
전복, 해삼, 감태, 미역 등을 헐값에 인수하려고 허니
1천여 해녀들이 호미와 빗창을 들고 세화장에서 구좌면에서 제주읍성으로 만세를 외치면서
죽음으로 대응한다고 지정 판매제 반대한다고, 해녀조합비 면제하라고, 일본 상인들은 물러가라고

4·3 제주항쟁 때에
3·1절 기념식허고 총파업 투쟁에 돌입허고
미군정, 친일 봉건 세력, 서북청년단에 맞서서 탄압하면 항쟁헌다고
한라산 중허리마다 일제히 봉화가 타올라

5·10 단정 단선에 반대한다고 통일 정부 수립하라고 미제는 물러가라고

2017년 생명 평화의 날에
8월의 폭염 속에도 행진을 멈출 수 없다고
황색 깃발 휘날리면서 평화야 고치글라 우리가 평화라고
강정해군기지 진상규명하라고 제2공항 반대한다고 군사훈련 중지하라고

그때나 지금이나
군함이 들어오고 군대가 들어오고 평화가 깨지고 난개발 자행되지만
그때나 지금이나
시퍼런 단도 하나 입에 물고 쳐들어가야 할 적진이 있었으니
몬딱 올라가야 할 오름이 바로 저기 있었으니

너븐숭이 퐁랑

– 4·3 제주 북촌리 학살 증언

이제 내 나이 팔십이라
여기 뿌리내령 살아도 너무 살았저
열두 살에 그 난리를 당했주만
너럭괴 틈새에 자리 잡앙 눈물콧물 마시멍
오늘까지 몽개멍 참 잘도 살아와시네
이제야 묻어 두었던 기억들 솔아분댕
지워지지 않는 아픔들 도새기 외우르듯 쏟아내쟁
경 구물거리는 거들 외우르니 속이 터져부렁
이런 세상 이리 올지나 알아사 정말 고마웅게

그날 아침나절이어실거라
집에 이싱게 도락구 소리가 나고 총소리가 팡 낭게
하르방이 서둘러 우리를 괴팡에다 밀엉 넣고는 절대 나오지 말랭
여동생 둘이영 막내 동생이영 거기 숨어 이서시녜
굳짱 군인 둘이 왕게 안거리에 불을 지르고는
강제로 하르방, 어멍, 오라방, 언니들 끌고 강게
아방은 산에 올라가고 어서쩌
무싱거 햄신고 창구멍으로 내다보니난

학교 운동장에 동리 사름들 다 모아놩
이리저리 줄을 세웡 한 사름 끌고 가덩
총으로 막 때리멍 옷을 뱃기고는 총을랑 팡 놓게
사름들이 놀래랑 몸을 돌리고 도망치멍 지옥이었져
갑자기 기관총 소리가 나고 몇 사람이 쓰러졌져
경 세워놓고는 지들끼리 모여서 무시거 무시거 해영게
한 줄은 당팟으로 한 줄은 옴팡밭으로 또 한 줄은 너븐숭이로 데령갔져
경 끌고 강게 사름들이 이영저영 몰려대난 발로 차고 총으로 때리고 난리였져
얼마 지나난 당팟에서 총소리가 났져 경허난 총소리가 콩알 볶듯이 이어졍게
거기서 삼백 명이 죽어시녜

그날 우리 하르방, 오라방, 언니들 다 죽고
어멍만 돌아왔시녜 경헌디 어멍도 산 것이 아니었져
머리가 깨지고 피투성이 되어서 정신까지 놓아시녜
밥도 떠먹이고 대소변도 갈아내야 했져
경해서 집안일은 모두 내 차지가 되어시녜

식량도 구해야 허고 땔감도 날라야 허고
아방은 아니 오고 동생들은 칭얼대고
오죽해시믄 어멍, 빨리 죽어시믄 했져
아마 그때부터 물질을 시작해실 거여
소라 멍게 따오고 미역 채취해서 그걸로 돈을 상
어멍 병수발하고 동생들 밥해 대고 학교도 보냈져
어멍은 이태 그렇게 지내다가 돌아가셨져
경헌디 하나도 슬프지 않했져
눈물도 편한 밥 먹어야 나오는 것잉고라
그렇게 억척으로 숨비소리 내멍
물것 길어 올리고 물허벅도 지멍
손톱이 갈라지고 발톱이 빠지도록 살았주
억척이었지 초등학교 4년 중퇴하고
그게 10년의 세월이어시네

그러고는 스물셋에 혼인했져
그 당시는 노처녀, 부끄러운 나이였주
해동리 삼춘이 나서서 중신해시네
애기도 셋이나 낳았주

아마도 고달픈 세월이 지나싱고라
일이 술술 풀리고 강 괜찮았주
경헌디 생활이 좋아져가난
그날의 죽음들이 되살아나는 거라
죽었던 하르방, 오라방, 언니들이 떠오르고
시름시름 앓다가 죽은 어멍도 눈에 선허영게
아이고 왜 죽었는지 왜 죽여야 해신지
의문이 생기고 그때 군인들은 어느 나라 군대인지
아이고 원망이 생기고 옴팡밭 시신들이 꿈에 보이는 거라
경헌디 어느 누구에게도 털어놓지 못하커라
우리 아방 얘기는 더욱이나 조심스러웠져
아방이 산으로 올라간 이유는 분명했주만
그런 소문들이 떠돌아시민
우리 식구들은 감시당하곡 끌려가곡
도피자 가족으로 몰리민 끝장이라
이건 남팬도 알민 아니 되는 것이었주
아방의 사상은 나신디는 막 같은 칼날이었주
무덤까지 지고 가야 할 아픔이었주

경 걸어온 간극이 칠십이라
아방은 일제도 나쁘지만 미제도 나쁘다고 했주
경해서 산으로 올라가는 거랭 산사름이 되영 다시 올 거랭
경헌디 아방은 아직도 아니 오곡 내 나이 팔십이라
이제는 이 세상 사람이 아닐 테주
아방은 내 가슴에 묻엉 이렇게 구물거렴싱게
이제야 묻어 두었던 기억 청산한댕
지워지지 않는 아픔 터트리곡 증언한댕
이처록 큰 세상 올지나 알아싱가
정말 고마웅게 속꽂이 터져부렁

제4부

천왕봉과 촛불혁명

천왕봉

지리산 천왕봉이
주봉으로 사는 이유는
고도가 높아서가 아니었다
만인이 받들어 모셔서도 아니었다
토끼봉, 형제봉, 반야봉, 상봉, 하봉, 제석봉이며
그밖에 작은 봉우리들, 운무에 가려진 둘레산도
모두가 지리산을 만들어냈기 때문이었다
그들에게서 크기나 높이는 중요하지 않았다
저마다 다름으로 다 함께 지리산이었던 것이다

선인장 색이 올라올 때까지

그대 멀리서 발자국 소리
선인장 색이 올라올 때까지
눈을 감고
귀를 씻고

그대 눈 붐비는 벌판에서
선인장 색이 올라올 때까지
손을 모으고
발을 구르고

그대 땡볕 내리쬐는 사막에서
선인장 색이 올라올 때까지
단비를 부르고
낙타를 부리고

그대 이제냐 저제냐
기대도 인내도 사라질 때까지 그렇게
마디풀 담그고
푸른빛 우려내고

내쳐놓은 선인장에 물을 주고
그렇게 색이 올라올 때까지
아무도 모르게
어느 사이에

진짜 봄

정문을 나서매
눈이 부셔
두 눈을 감아야 했다

막아서던 잔설도
차단막도 물대포도 확성기도 치우매
너도나도 쏟아져 나갔다

우수 경칩이라고
진짜 봄이라고 해방이라고
날날이도 깔대기도 피어 나갔다

저 바람 어이 가고
이 바람 어서 오라고
만세 소리 환청처럼 이어져 나갔다

이런 고개

우리 사이에
이런 고개 하나
있었으면 좋겠다
산이 높아서 만나지 못하는
우리 사이에
금패령이라도 좋고
대관령이라도 좋고
덕산재라도 좋겠다

거기 펑퍼짐한 언덕에
봉놋방이라도 하나 있어서
이 사람 저 사람 모여들어
하룻밤 묵으면서
국밥도 말고 탁배기도 권하고
어디서 왔는지 물어도 보고
이 말 저 말에도 끄덕끄덕하면서
수가 틀리다고 다툼해도 괜찮겠다
술이 올라서 신세타령 늘어놔도 괜찮겠다
밤이 이슥하여 코 고는 소리 요란한

이런 고개 하나

대보름에 불싸움 하더라도
불가뭄에 물싸움 하더라도
자고 일어나면 머리를 조아리면서
내 강이 깊었다고
네 산이 높으다고
고개고개 마주대고
얼씨구 저절씨구 추임새 넣어주는
이런 고개 하나

봉우리와 봉우리 사이에
등성이로 이어지는 지름길 하나
이쪽과 저쪽으로 갈라진 마을들
이 산 저 산 이 봄 저 봄 만난다면야
산적이 득실거려도 괜찮겠다
호랭이 나도 여시 나도 괜찮겠다
더 큰 마을이 되게 하는 고개 하나
만나서는 덕이 되고 흥이 되게 하고

헤어지면 산이 되고 강이 되게 하는
이런 고개 하나
있었으면 좋겠다

그런 자유에 저항하라

그런 자유에 저항하라
친구 아니면 적이라고 그렇게
사주하고 압수하고 별건으로 구속하고도
그것이 자유라고 강변하는 자에게

일제가 내세운 대동아 공영의 자유도 갔다
히틀러가 떠들던 독일 국민의 자유도 갔다
세계의 경찰이라는 아메리카 퍼스트도 갔다
저항하라 그런 자유는 없다

저항하라
탐욕과 과오로 찌든 너에게 그에게
행여 똥물 튀길까 저어하는 소시민들에게
남북으로 동서로 세대로 나누고 가르는 자에게

이 땅의 노동자 농민은 어떻게 살아왔을까
이 땅의 불령선인 파르티잔은 무엇을 바랐을까
이 땅엔 정의도 공경도 상부상조도 사라졌을까
이 땅의 평등 평화도 생명의 외경도 없어졌을까

저항하라 그런 자유는 없다

그런 자유에 저항하라
그렇지 않으면 또다시 온다
그렇지 않으면 너희는 없다
그렇지 않으면 세계는 없다

더디 오는 너

너, 부르면
화살처럼 달려올 줄 알았다
적어도 끊어진 다리 새로 놓거나
막아서는 산들 넘거나 휘돌아서
오늘이나 내일 환하게 웃을 줄 알았다

그런데 오지 않는 너,
산사람이 되어서 언 발 도려내면서도
피의 대가를 보상하라고 거리 행진하면서도
저곡가 저임금 정책에 신음하면서도
내내 기다렸다

온전한 너이고 싶어서
살아남은 자의 의무로 남은 불씨 되살리고
뜨거운 아스팔트에서 스크럼을 짜고 산산이 부서지면서도
대추리가 깨지고 구럼비가 깨지고 밀양이 깨지고 성주가 깨지면서도
오체투지로 길을 내고 풍등을 날리면서 지체된 정의는 정의가 아니라고

그런데 오지 않는 너,
산이 높아서도 아니었다
물이 깊어서도 아니었다
철조망이 막아서도 아니었다
바다가 흉흉해서도 아니었다

너, 부르면
등 뒤에서 가쁜 숨 몰아쉴 줄 알았다
온전한 네가 되어서
평화롭게 사람답게 살아갈 줄 알았다
더디 오는 너,

삼일절에

3월 1일 정오, 식구들
봄눈 내리는 거리로 쏟아졌다
나주댁 나주양반 아들 며느리 으니랑 와니랑
발자국들이 뽀드득뽀드득 생겨난다
아들 며느리는 나란히
으니랑 와니는 삐틀빼틀
나주댁은 모걸음 나주양반 팔자걸음
발자국들이 어디론가 걸어가고 있었다
발자국들이 수백수천 생겨나고 있었다
비탈에서 미끄러지고
언덕길을 기어오르고
배를 잡고 깔깔거리면서
눈사람도 만들고 눈 사진도 찍고
서로들 눈싸움이 한창인데
와니가 지 엄마 막아서며 사랑하는
우리 엄마는 안 된단다고 한다
그래 대한민국 만세다
그 벌게진 손잡고 호-호- 불었더니
따뜻해서 좋다고 한다

다행이었다 빠지는 온기
아직까지 붙들고 있었으니
태극기가 바람에 펄럭인다

모시나비는 돌아오고 싶다

한디기골 14세 소녀가
길림성 목단강 위안소로 끌려갔다
강제로 징집을 당해서
트럭에 실려 기차에 실려
분간할 수 없는 밀림 속으로
아비지옥 속으로 굴러 떨어졌다

거기서 영문도 모르고
– 너희들은 인간도 아니라며
– 오직 황군을 위한 암캐일 뿐이라며
찢겨지고 발가벗겨지고
군홧발에 채이고 구석에 몰려서
소녀를 잃어야 했다

불가항력이었다
지켜줄 이웃도 나라도 없었다
이름도 고향도 모두 버려야 했다
혼이란 혼 다 빠져서
몸이란 몸 다 헐어져서

하루하루 살아가야 했다
하루하루 죽어가야 했다

그렇게 죽어간 소녀들이
이십만 명이라고 하니
그렇게 돌아올 나비들이
이십만 마리라고 하니

용서받을 조건

나는 고백한다. 국왕을 겁박하여 나라를 팔아먹은 내각 대신이었음을

나는 고백한다. 항일 독립군을 공격하고 사살한 간도특설대 장교였음을

나는 고백한다. 독립 운동가들을 억압하고 체포하고 고문한 순사였음을

나는 고백한다. 조선인의 이해에 반하여 기소하고 판결한 판검사였음을

나는 고백한다. 청년 학생들을 전쟁터로 내몬 지식인이었음을

나는 고백한다. 소작인들을 갈취하고 착취한 악덕 지주였음을

나는 고백한다. 일제의 손발이 되어서 부역한 신민 관리였음을

나는 고백한다. 일제에 아부하고 작위를 받은 매판 사업가였음을

나는 고백한다. 식민사관을 주창하고 역사를 왜곡한 사학자였음을

나는 고백한다. 종조부, 할아버지, 아버지가 친일반민족

행위자였음을

나는 고백한다. 일신의 안위와 영달만 꾀한 용서받지 못할 죄인이었음을

2016년 12월

광화문 광장에서 파도波濤가 되다
이 작은 물방울 하나 얼마나 절실했으면 스스로 돕는 하늘이 되었을까
이 작은 촛불 하나 얼마나 분노했으면 휘어지지 않는 결기가 되었을까

광화문 광장에서 노도怒濤가 되다
이건 나라도 아니라고 손 한 번 들었을 뿐인데 그게 민심이 되고 천심이 되고
적폐 청산하라고 하야하라고 소리 한번 하였을 뿐인데 그게 함성이 되고 뇌성이 되고

광화문 광장에서 대도大道가 되다
남에서 북에서 지하에서 좀비처럼 모여들었다
죽어도 여한 없다고 몽개몽개 모여들었다

촛불의 노래

촛불 하나 훅하면 꺼지겠지
촛불 몇 개 바람이 불면 없어지겠지
그런데 백만 촛불을 누가 막아 누가 잡아
삼천리 방방곡곡 들불처럼 번지는 저 환함을
이거 그냥 켜지는 게 아니야
이거 그냥 타오는 게 아니야
오죽 했으면 국민들이 몰려들겠어
오죽 했으면 국민들이 채찍을 들었겠어
이거 그냥 모이는 게 아니야
이거 그냥 커지는 게 아니야
국정 농단했다고?
태블릿 피시 나왔다고?
아니지 아니야
그건 뇌관이었을 뿐이야
노동자농민들 얼마나 힘들었어
중소상공인들 얼마나 힘들었어
청년학우어르신들 얼마나 힘들었어
세월호 유가족들, 용산 철거민, 위안부 할머니, 개성공단, 밀양 할머니, 성주군민, 강정주민 그리고 그 얼마나 힘

들었어
이런 것들 쌓이고 쌓여서
해도 해도 너무 해서 복창이 터진 거야
대한민국 100프로 한다더니
1프로만이 국민인가?
끼리끼리 해 처먹고 꽃보직 주고 부정 청탁하고 누리고 누리고
99프로는 개돼지 취급당했지
그건 나라도 아니었어
그건 소꿉장난도 아니었어
그런 세상 바꿔야 한다고
그런 세상 쓸어버려야 한다고
진짜 주인이 나서서 촛불제의 했던 거야
물론 대통령이 하야한다고 끝난 게 아니야
누구 하나 바뀐다고 달라지는 게 아니야
이제 시작일 뿐이야
우리가 촛불이 되고 횃불이 되고 노도가 되어야 하는 거야
우리가 깃발이 되고 천둥이 되고 원칙이 되어야 하는 거야
촛불 하나 훅하면 꺼지겠지

촛불 몇 개 바람이 불면 없어지겠지
그런데 백만 촛불 누가 막아 누가 잡아
촛불은 스스로 일어나는 거
촛불은 새로운 대한민국이었어
촛불은 천심, 하늘의 명령이야

철쭉제

일림산 철쭉길
오가는 사람들 마냥 좋아
저마다 꽃물이 들었구나
철쭉인 듯 사람인 듯
혼자서 새침하게 가기도 하고
둘이 셋이 모여서 가기도 하고
다리 아프다고 쉬었다 가기도 하고
뭐가 급하다고 잰걸음으로 가기도 하고
정상에 올라 철쭉나라 노닐다가
혼자서 오른 사람은 혼자서 내려가고
여럿이 오른 사람은 여럿이 내려가고
싸목싸목 오른 사람들 싸목싸목 내려가고
후여후여 오른 사람들 후여후여 내려가고
철쭉길 삼천 리
오가는 사람들 마냥 봄물 들어서
저마다 활짝 피어났구나
백두대간 손 맞잡았구나

참고인 양금덕 할머니

이 정부가 뭐더란 정부여

대통령이면 뭣이란 말이여

솔직히 대통령에게 옷 벗으라고 허고 싶소

대통령만 되면 잘 헌다고 보요?

대통령이 나라를 잘 시고 우리 동포들 편안히 살도록 허는 것이 아니요?

잘못된 일도 잘 서둘러서 동포를 편안허니 허는 것이 대통령 일이라고 생각합니다

긍게 여러분도 일을 잘 되게 허실라면 허실 말씀은 되게 허시고

이것은 잘못되었다 저것은 잘되었다 그런 말도 아주 똑똑허니 무너지게 허시고

이 말도 어중간이 저 말도 어중간이 허신다면 저라끄 동포들이 마음 편안히 못 삽니다

모두들 합심혀서 동포들 편안히 살게 허는 것이 여러분들이 헐 일이라고 생각합니다

이 사람이 뭔 말 허면 그 말이 옳을까 저 사람이 뭔 말 허면 그 말이 옳을까 그러지 마시고

여러분의 양심에 닫는 대로 우리나라 편안허니 동포들 편안허니 살도록 해 주시기 바랍니다

나는 그런 돈은 안 받을랍니다
절대 굶어 죽어도 그런 돈 안 받을랍니다
내가 어려서 일본 교장이 말하길
너는 공부 아다마가 어! 머리가 좋은 게
일본 가서 공부도 허고 중핵교 보내준다고 혔는디
중핵교 캥이는 일만 셔 빠지게 허고 우리 동포들이 뭐더란 동포요
사과는 죄진 놈한테 받는 것이고 배상은 일 시키고 돈 띠어묵은 놈한테 받는 것이제
뭘라고 우리 국민들 돈을 쓴다요 굶어 죽어도 그런 추잡스런 돈 안 받습니다

이 정부가 뭐 하는 정부인가
솔직히 대통령 옷 벗으라고 하고 싶어요
대통령만 되면 다인가요
대통령이 나라를 잘 돌보고 동포들 편안히 살게 하는 거

아니요?

그저 저 하나를 지켜들고 말 한 자리 못 헌 양반이 반드리 일 한다고 보요?

나는 그렇지 못한다고 보요

내가 요렇게 있어도 나도 자식들 있고

나도 다 할만치 나라에 세금 물고 그렇게 살아도

누구 하나 내 맘을 알아줄 사람이 하나도 없어요 없어!

솔직히 그것이 안타깝고 오직혀사 나이는 아흔다섯이나 묵었어도

아직까지는 거짓말도 않고 나 하는 대로 그렇게 살았어요

애기들이 길가티서 뭘 주서갔고 오면 땅에다 묻어라 허고

지금까지는 그렇게 갈치고 그랬는디 지금은 뭐다요?

그러면 당신들이 뭐더란 양반들이요?

우리나라에서 당신들이 마음대로 못 하면 누가 헐까요?

여러분들이 합혀서 우리나라를 훌륭허게 만들라고 이렇게

여러분을 내놨지 엄한 짓 허라고 내놓은 것은 아니잖소 궁게

여러분들이 뭔 말이 나면 이 말이 옳을까 저 말이 옳을까 허지 말고
욕심대로 우리나라만 잘 되게 헐라면 눈치코치 보지 말고 허세요
그래야만 우리나라가 똑바로 서고 동포들이 편안허니 살 수 있을 것입니다

제5부

이태원, 세월호와 저항의 연대

마스크 1

마스크 쓰고 나서
시 한 편 못 썼다

나를 지키기 위하여
너를 지키기 위하여
마스크는 필수품이 되었다

매장마다
마스크를 사려고
긴 줄이 생겼다
그 흔한 마스크가 동이 나서
사람들이 불만이다

정부가 나서서 말했다
지금은 길게 견뎌야 한다고

나를 지키기 위하여
우리를 지키기 위하여
길게 시를 접어야 했다

마스크 2

이젠 고향도 지웠다
그리운 사람도 지웠다
오가는 인정도 사라지고
독거만 남았다
학교도 회사도 시장도 사라지고
재택만 남았다
만남도 친선도 공유도 사라지고
방역만 남았다

이젠 시공을 지웠다
광장의 환호도 지웠다
지난날은 아스라이 사라지고
자판만 남았다
기차도 비행기도 도보도 사라지고
모니터만 남았다
동대문도 남대문도 에펠탑도 사라지고
스크린만 남았다

오늘의 스토리가 사라졌다

오늘의 노동도 서비스도 사라졌다
묵시만 남았다
프레임만 남았다
영화관도 경기장도 수영장도 사라지고
놀이방도 피시방도 카페도 사라지고
새로운 말들이 뜬다
새로운 도시가 아스라이 뜬다

증발

물이 차올라서
다리가 무너져서
죽은 사람들
누구 하나
문제 삼지 않았다

길을 가다가
서로 맞닥뜨려
압사한 사람들
누구 하나
책임지지 않았다

미사일이 날아와서
원자탄이 떨어져서
순식간에 사라진 사람들
누구 하나
애도하지 않았다

영문도 모르고 죽었다

총을 들지도 않았는데
그럴 수는 없었다
누구 하나 파헤치지도
기억하려고 하지도 않았다

이태원

불판에서 냄비가 끓었다
힙합 머리 러닝 바지
거울 속에 그가
폰을 들고 리듬을 탄다

거울 속에 그가
해 지는 유리창처럼 뜨겁다
'너만 원해 내가 전해'
멍멍이도 따라서 나댄다

오늘 밤은
톡톡 튀는 그녀를 만나
하입보이 춤을 추겠다고
그가 엄지척이다

땅거미 내리고
가로등 네온사인으로 환한 나라
자유를 뽐내는 민주주의 나라에서
거침없는 하입보이는 뜨거웠다

핫한 그가

핫한 그의 무리가

진격한다 취향의 그 시간 그 자리로

거침없는 하입보이는 뜨거웠다

붉음에 대하여

– 이태원 참사 희생자들을 위하여

어떻게 길을 가다가 죽을 수 있는가
세상에 길을 가다가 죽을 수 있는가
차에 치인 것도 아닌데
땅이 꺼진 것도 아닌데

누구도 길을 가다가 죽을 수 있는가
아무도 길을 가다가 죽을 수 있는가
폭격을 맞은 것도 아닌데
독가스가 터진 것도 아닌데

도저히 길을 가다가 죽을 수는 없다
도무지 길을 가다가 죽을 수는 없다
길을 가다가 압사당할 수는 없다
길을 가다가 몰살당할 수는 없다

길을 가다가 이렇게 죽을 수는 없다
길을 가다가 그렇게 죽을 수는 없다
왜 죽었는지 설명이 없다
왜 죽었는지 이유가 없다

길을 가다가 죽은 것이 사고라고 한다
길을 가다가 죽은 것이 운명이라고 한다
어디에도 국가는 없었다
어디에도 책임자는 없었다

길을 가다가 죽은 사람들
아무래도 길을 가다가 죽을 수는 없다
어떻게
누구도
도저히

미얀마를 위하여

아! 미얀마
그곳 남방에서 들려오는 다급한 비명 소리
군부가 쿠데타를 일으켜
아웅산 수치와 정부 요인들을 체포하고 구금했습니다
군부가 입법, 사법, 행정 전권을 찬탈하고
민 아웅 흘라잉을 국가행정위원장으로 세웠습니다
군부가 시위대를 향하여
마구 총을 쏴 댑니다
군부가 구급대원들을 사정없이
총칼로 내려치고 짓밟았습니다
군부가 시신들을 트럭에 싣고 어디로 갑니다
장례 중인 시신들도 탈취하고 도굴했습니다

아, 미얀마
민주주의는 지켜질 것인가
시민들이 자동차 경적을 울리고
냄비나 솥을 두드리며 불복종운동에 나섰습니다
시민들이 세 손가락을 높이 들고
민주주의를 원한다고 아웅산 수치를 석방하라고 합니다

시민들이 붉은 수의를 입고 누워
군부는 계엄령을 해제하라고 민 아웅 흘라잉은 즉각 물러가라고 합니다
시민들이 총칼에 찔리면서도 끌려가면서도
우리는 정의를 원한다고 혁명은 반드시 승리한다고 저항했습니다
시민들이 시위대를 향하여
코코넛을 건네고 대통 밥을 지어 날랐습니다
시민들이 전 세계를 향하여
미얀마는 군부를 거부한다고 함께하자고 구호를 타전합니다

아, 광주
다 잘 될 거야
모든 게 잘 될 거야
Everything will be OK
우리는 당신들을 지지합니다

팔레스타인

팔레스타인!
양을 치고 젖을 짜던 사람들
어느 때나 돌아갈거나
네 이름만 불러도 안쓰럽구나

팔레스타인!
가자에서 서안에서 저항하는 사람들
어느 때나 자유일거나
네 이름만 불러도 먹먹하구나

시온의 배척인가
종족의 초토인가
네 이름만 불러도 비명이 도는구나
네 이름만 불러도 파괴가 뜨는구나

탱크에 돌을 던졌다고
수백의 팔다리 부러졌다고 하네
저 도시 박격포 쏘았다고
이 도시 폐허가 되었다고 하네

서 있는 것들 누우라고 하네
입 달린 것들 닥치라고 하네
뿔 달린 것들 뽑으라고 하네
집 없는 것들 떠나라고 하네

팔레스타인!
젖과 꿀을 소원하는 사람들
어느 때나 구원이 될거나
네 이름만 불러도 빵이 생기는구나

그렇게
깔려 죽어도 다시 살아나는구나
무너져 내려도 다시 일어서는구나
어느 때나 어느 때나 용서가 될거나
네 이름만 불러도 겨자씨 돋아나는구나

가자지옥

팔레스타인들
그 살던 곳 빼앗기고
거기 지중해 연안까지 쫓겨왔다
군대가 나서서 이동을 감시한다고
분리 장벽을 치고 해안을 막아
최대 감옥을 만들었다

아무리 그래도 이건 아니다
백배천배 융단 폭격이라니
그 도시 박살나고 민간인 수만이 죽었다
난민촌도 병원도 유엔학교도 구호 트럭도
아이도 여성도 표적에서 벗어나지 못했다
이건 분쟁이 아니라 씨를 말리겠다는 것이다

폭격기가 날아왔어요 미사일도 날아왔어요 사방에서 건물들이 폭폭 쓰러졌어요 흙먼지가 자욱했어요 시도 때도 없는 폭격이에요 하마스를 제거한다고 아파트고 주택이고 병원이고 가리지 않아요 한꺼번에 수십 명이 죽어나가요 전기도 수도도 전화도 끊겼어요 더 이상 먹거리가 없어요

유엔도 구호소도 끊겼어요 이러다가 맞아 죽고 굶어 죽을
거예요

아무리 그래도 이건 아니다
그 살던 곳 다시 떠나라고 한다
가자에 이럴 수는 없다
그들은 뽑혀야 할 잡초가 아니다
그들은 버려야 할 우상이 아니다
47번, 55번으로 가라는데 어딘지 모른다

시온주의자들은
그들의 시온만을 신봉한다
그들만의 공존을 맹신한다
그 살던 곳 내몰아서 어디로 가라는지
신은 어디에 있는지
신은 누구를 벌하는지

따이한 제사

고자이마을 따이한 제삿날
붉은색 천막이 쳐지고 오색 깃발이 나부꼈다
제단에는 생쌀, 메밥, 돼지머리, 과일류, 인조 화폐가 차려지고
스피커에서는 비장한 풍의 투쟁 가요가 흘러나온다
제사장은 원귀여 망자여 희생자를 부르면서 향을 피우고
유족들이 하나둘 나와서 향을 피우고 합장을 한다
인민위원회 부주석의 기념사와 축사가 이어지고
생존자 응우엔떤런 씨가 나와서 증언한다

음력 정월이었지 새벽부터 마을에 포격이 시작되었어 우리 가족은 근처 방공호로 숨어들었지 날이 밝아오니까 마을 동구에서 연달아 총소리가 났어 비명 소리가 들리고 울부짖는 소리도 났어 어머니는 괜찮다고 아무 일도 없을 거라고 우리를 안심시켰어 그런데 누군가 입구에서 나오라고 소리쳤어 들킨 거야 손을 들고 나갔지 따이한이었어 마을이 온통 불바다였어 따이한은 우리를 데리고 고샅길을 지나서 들판으로 갔어 거기에는 마을 사람들이 모두 바닥에 엎드려 있었지 한 시간가량 지나서 누군가 명령하

니까 총을 마구 쏘아댔어 수류탄도 터졌어 아비규환이었어 그런데 수류탄 하나가 내 발뒤꿈치에 맞고 떨어졌어 본능적으로 서너 발 뛰어가 엎드렸지 수류탄이 터지고 그 뒤는 생각이 안 나 산으로 피했던 사람들이 돌아와서야 깨어났어 마을 사람들 다 죽었데 시신이 널려 있었어 두개골이 깨지고 창자가 터지고 하반신이 없어지고 정말 참혹했어

위령비에는
희생자 380명의 이름이 빽빽하게 각인되어 있었다
1966년 2월 26일
미 제국주의자 지휘 아래 남조선 군인들이 무고한 양민들을 학살했다고
뒷면은 맹호부대 마크를 단 국군이 수류탄을 들고 서 있는 벽화였다
벽화는 말하고 있었다
고자이마을 학살은 남조선에 책임이 있다고
이런 일이 다시는 일어나서는 안 된다고

신용길의 눈

1989년에 교원노조에 참여했다고
정부가 나서서 선생님들을
감옥에 보내고 해직시켰다면
소가 웃을 일이지
그런데 그때는 그랬어
1,500여 가입교사들이
길거리 낙엽처럼 굴러 떨어졌지

용길이도 그때
노조창립대회에서 축시 낭독했다고
구속되고 파면되고 학교를 떠나야 했으니
그러면서 건강이 나빠져서 목숨까지 버렸으니
용길이 죽으면서 두 눈을 내놓았어
그가 살아서 보지 못한 세상을
죽어서라도 보겠다고 병원에 기증했어
그 슬픈 눈으로, 형형한 그 눈빛으로
우리 아이들이 마음껏 뛰노는 세상을 보겠다고
남누리 북누리 하나 되는 세상을 보겠다고
누군가의 두 눈이 되어주었지

그렇게 30년이 훌쩍 지났어
그런데 부끄러워라
학교는 여전히 옛날 그대로야
지금도 아이들은 동아줄에 매달려 살아
행복을 빼앗기고 그 시절을 담보하고 있어
교과서에 들어찬 철조망도 그대로야
참말로 미안하구만
우리 조금만 댕겨서 싸우면 명명백백하게
입시 지옥 사라지고 학교가 정상화 될 줄 알았어
아이들이 닫힌 교문을 열고 쏟아질 줄 알았어

아, 용길이
죽어서라도 보겠다던 그 세상 아직도 오지 않았으니
행복은 성적순이 아니라고
무던히 다지고 다지면서 살아왔건만
달라진 게 하나도 없으니
이젠 개천 같은 건 없어지고 출발선도 달라졌으니
우리들이 세상을 너무 쉽게 본 것 같아

그리운 것들은 이리 더디 오는 것인지
그리운 것들은 허공에서만 살아야 하는지
용길이! 그 두 눈이 미안하이

아직도 물속이다

아직도 물속이다
아직도 오리무중이다
아직도 진실은 인양되지 않았다
우리 아이들이
말도 안 되는 사고로
말도 안 되는 대응으로
말도 안 되는 기다림 속에서
천 개의 바람이 되고 나비가 되고 리본이 되고 팔찌가 되고 풍등이 되고 종이배가 되어
아직도 물속이다

아직도 세월네월이다
왜 침몰사고는 일어났는지
왜 선내에 대기하라고 방송했는지
해경은 왜 구할 수 있는데도 구하지 않았는지
도대체 왜 CCTV 영상은 바꿔치기 했는지
사고 발생 어언 5년이 흘러갔는데도
사고 발생 무려 1,825일이 지났는데도
우리 아이들이 아프다, 원통하다, 미안하다

누구는
아직도 세월호냐고
아직도 진상 규명, 책임자 처벌이냐고
그것, 다 끝난 것 아니냐고 지겹다고
그래서 우리 아이들이 아프다 원통하다 미안하다

아직도 물속인데
아직도 오리무중인데
아직도 진실은 인양 중인데
내일의 아이들을 위하여
내일의 세월호를 위하여
다시는 이런 사고가 일어나서는 아니 되기 때문에
다시는 이런 거짓거리들이 숨어 있어서는 아니 되기 때문에

그래서 우리 아이들이 아프다 원통하다 미안하다
그래서 우리 아이들이 희망이다 생명이다 안전이다
기다림의 버스를 타고 팽목항에서

색 바랜 리본은 멈추고자 하나 바람이 그치질 않고

우리 아이들은 이제 그만 떠나고자 하나 아직도 세상은 물속이라고

기억은 힘이 세다

두 손 두 발 다 들었다
도대체 내 아이가
왜 죽었는지 갈쳐만 달라고
소원한다고 소리쳐 외쳤건만 거긴 허공이었다
도대체 내 아이가 왜
내일모레면 온다던 내 아이가 왜
왜 죽어야만 했는지 조사해 달라고
머리 깎고 천막 치고 생업도 포기하고 내 아이로만 살았다
도대체 왜

내가 미안하다 내가 부족하다
도대체 내 아이를
그 누가 죽였는지 갈쳐만 달라고
촛불정부라고 믿었는데 그거 다 공수표였다
도대체 내 아이가 왜
금쪽같은 내 아이가 잔잔한 날에
왜 죽을 수밖에 없었는지 해명해 달라고
청와대로 여의도로 광화문으로 오체투지로 청원해야 했다
도대체 왜

내가 못됐다 어미도 아니다
도대체 막 피어나던 내 아이가
왜 죽었는지 갈쳐만 달라고
왜 죽어야만 했는지 조사해 달라고
왜 죽을 수밖에 없었는지 해명해 달라고
7천 톤 세월호 침몰의 원인 무엇인지
출동한 해경이 구하지 않은 이유는 무엇인지
재난 컨트롤타워는 무엇 때문에 작동하지 않았는지
내가 환장한다 내가 죽였다

두 손 두 발 다 들었다
사참위도 특검도 촛불정권도 내내 기다리라고만 한다
8년이면 육탈이 되고 영혼이 맑아진다는데
도대체 내 아이는
이 어미를 떠나서 언제나 훨훨 날아갈 수 있는지
8년이면 이물이 나서 효자효손이도 돌아선다는데
도대체 내 아이는
이 어미로 살아서 저렇게 나부껴야만 하는지

안전한 나라가 되는 설분의 해원은 요원한 것인지

일말의 양심도 책임도 희망도 이렇게 묻히는 것인지
내 아이는 내 아이의 아이는 저 구럭에서 침잠되는 것인지
올해도 꽃이 피고 새 울고 나뭇가지 싹이 나고
올해도 아픈 4월이 오고 노란 물결이 일어나는데
그래도 기억은 힘이 세다고
기억은 어둠의 빛이라고 새로이 펴 올리는 힘이라고
도대체 내 아이가
왜 죽었는지 갈쳐만 달라고
왜 죽어야만 했는지 규명해 달라고

4월의 기억

기다림 때문에
여린 속살 벌겋게 데인 적이 있었습니다
기다림 때문에
어리연꽃 노랗게 피어난 적이 있었습니다
기다림 때문에
온 나라가 질척거린 적이 있었습니다

죽은 나무가 자라나는 4월의 기억
당연히 살아야 하는데 죽임을 당한 4월의 기억
선장과 승조원들이 승객들을 내버리고 가장 먼저 탈출했습니다
선주가 선박을 불법 개조하고 과적, 고박 등 안전 규칙을 어겼습니다
해수부와 해피아들이 안전 검사와 운행 관리를 끼리끼리 눈감았습니다
해경이 선내 진입도 탈출 지시도 포기하고 무기력하게 바라만 보고 있었습니다

수평선을 보면서 통곡했습니다

미안하다고 보고 싶다고 사랑한다고
종이배를 접으면서 기도했습니다
우리 아이들의 새날이 되어서 살아가겠다고
전국을 돌면서 맹세했습니다
말도 안 되는 사고, 말도 안 되는 구조가 되풀이 되어서는 안 된다고

어처구니 때문에
생때같은 우리 아이들이 아직도 구천을 떠돌고 있습니다
어처구니 때문에
바다만 봐도 뱃고동 소리만 들어도 숨이 차고 눈이 뒤집힙니다
어처구니 때문에
우리 아이들이 왜 죽었는지 왜 구조하지 않았는지 알 수 없습니다

이젠 눈물도 콧물도 나오지 않습니다
이젠 대통령도 검찰도 법원도 믿을 수 없습니다
안전한 나라, 안전한 사회는 요원하기만 합니다

어처구니만 어둑서니만
하늘을 가리겠다고 진실을 넘보겠다고
아직도 세월호냐고 아직도 처벌 타령이냐고 벌벌거립니다

책임지는 윗선 하나 없는 4월의 기억
그래도 다시 촛불을 들고 다시 세월호를 외치는 4월의 기억
잊지 않겠다고 지켜주지 못한 그날을 기억하며 그날을 산다고
침묵은 금이 아닙니다 침묵은 또 다른 세월호를 지어냅니다
장막을 걷어내고 미궁에 빠진 그날의 진실을 두렵게 기립니다
새날의 아이들이 마음껏 뛰어노는 안전한 세상을 위하여 두 주먹 불끈 쥐었습니다

오열

지난 25일, 세월호특조위 방해혐의자 재판 결과
이병기 전 대통령비서실장 징역 1년 집행유예 2년, 조윤선 전 청와대정무수석 징역 1년 집행유예 2년, 안종범 전 청와대경제수석 무죄, 김영식 전 해양수산부장관 징역 2년 집행유예 3년, 윤학배 전 해양수산부차관 징역 1년.
재판부는
피고인들의 유, 무죄 여부를 떠나
세월호 참사 희생자들의 명복을 빌고 유가족들에게도 위로의 말을 전한다고
다만 피고인들의 정치적, 도덕적 책임을 묻는 자리가 아니라고
피고인들의 행위가 형법상 직권 남용에 해당하는지가 쟁점이라고 부연하니

지켜보던 유가족들 어이없어
이게 법이냐고 이게 재판이냐고
고작 이러자고 1년을 넘게 재판을 끌었느냐고
설움에 북받쳐 목메어서
과호흡으로 병원에 실려 가면서도

너희 자식도 죽어 보라고
너희도 이런 냉대, 학대 당해 보라고
고래고래 악을 써대며 오열하니

이렇게 오열하는 것은
피고인들이 이런저런 핑계로 줄줄이
법망을 빠져나가는 것이 억울해서 그러는 것이 아니다
재판부가 안이하게 양형을 선고해서 그러는 것도 아니다
재판장에 국민들의 발길이 뜸해져서 그러는 것도 아니다
진상 규명과 책임자 처벌이 어렵게 되어서 그러는 것도 아니다
우리 아이들이 내내 구천을 떠돌까 서러워서 그러는 것도 아니다
안전한 사회 건설을 위한 노력이 수포로 돌아갈까 그러는 것도 아니다

다만
우리가 무능해서
우리가 무책임해서

우리가 죄인이라서
우리의 믿음이 흔들려서
우리의 아이들로 살아가지 못해서
나중에 나중에

시로 쓴 저항의 '한국현대사'

권순긍 문학평론가·세명대 명예교수

40년 동안 살아온 삶의 고향, '목포'를 정겨운 시선과 구수한 가락으로 노래한 전라도 사내가 있다. 처음 대학을 졸업한 1982년 충무공이 삼도수군통제사로 재임명되고 진을 옮겼다는 고금도古今島 중학교의 섬마을 선생님이 되어 교사의 길을 걷기 시작했지만, 1985년에는 대처인 목포로 나와 거기서 본격적으로 교육운동에 가담했다. 결국 1989년 전교조에 참여하고 '여름대학살'의 희생자가 되어 해직의 길을 걸어야 했다. 그래도 굳건하게 교육운동의 길을 포기하지 않고 목포지회장을 맡아 전교조 조직을 이끌어 나갔다. 1994년 복직된 뒤에도 안주하지 않고 목포지회장, 신안지회장 등을 맡아 교육운동에 헌신했다.

이렇게 보면 최기종 선생은 시인이라기보다 교육활동가에 더 가깝다. 그의 말은 분명했으며 행동에는 거침이 없었다. 마침 손발이 묶인 해직 시절인 1992년, 전교조 문예 조직인 교육문예창작회의 두 번째 공동시집 『대통령 얼굴이 또 바뀌면』(푸른나무)에 「이 땅의 헤엄 못 치는 선생이 되어」를 발표하고 시인으로 등단한다.

이 시집에는 교육운동 초기에 보였던 선언적이고 투쟁적인 정서가 교사들의 일상적인 삶 속의 실천으로 삼투되는 모습을 보인 시들이 많았는데, 최기종 시인 역시 학생들에게 "권리나 사상을 주장하는/물가엔/절대로 가지 말라고/신신당부"한 자신의 과오를 솔직히 고백하며 왜 자신이 '헤엄 못 치는 선생'이 됐는가의 근거를 따져 묻는다. 그의 시가 자신이 발 딛고 있는 사회 현실, 곧 교육 현장의 모순에서 출발했음을 보여주는 징표다.

최기종 시인이 본격적으로 시를 쓰기 시작한 것은 2005년 한반도 서남단의 외딴 섬 가거도可居島로 가면서부터다. "너무 멀고 험해서/오히려 바다 같지 않은/거기/있는지조차/없는지조차 모르던 섬"(조태일, 「가거도」)에서 시를 만난 것이다. 외롭기 때문이었을까? 근무하는 학교가 다르기에 서로 떨어져 살아야 했던 아내에 대한 그리움을 담아 2007년 첫 시집 『나무 위의 여자』(시와 사람)를 냈다. 그리고 14년 동안 줄기차게 무려 7권의 시집을 냈다. 2년에 한 권꼴로 시집을 냈으니 대단한 시의 생산력을 보여준 셈이다.

일곱 번째 시집 『목포, 에말이요』(푸른사상, 2020)에는 구수한 남도 사투리와 정겨운 풍경과 먹거리, "목포에서 살아온 세월을 담금하고 간을 쳐서" 버무린 '짭짤한 밥상'이 풍성하다. 이 시집을 읽으면 정말 목포에 가고 싶어진다. 비린내 나는 포구의 주점에서 코를 팍 쏘는 푹 삭힌 홍어에다 막걸리를 마시며 시를 얘기하고 싶어진다(그 뒤 아내와 같이 정말 목포에 가서 최 시인과 늦도록 술을 마신 적이 있다). 그만큼 최기종 시인은 구수한 가락과 갯내 나는 목포와 동격이다.

하지만 구수하고 정감 넘치는 외형과 달리 그 내면에 자리하고 있는 '목포의 민중사'를 「목포 옛길」, 「목포 4·8독립만세운동」, 「암태도 소작쟁의」를 통하여 보여주고 있기도 하다. 그런 점에서 이번 시집 『만나자』는 그 '목포의 민중사'를 저항의 '한국현대사'로 확산한 셈이다. 시인은 작년 10월 목포 KBS 라디오와의 인터뷰에서 앞으로 준비하고 있는 시집에 대해 "공동체를 기반으로 하는 시를 쓰고 있어요. 갈수록 개별화 되는 삶이 시를 통해서 가슴 따뜻해졌으면 해요."[1]라고 말한 바 있다. 우리가 발 디디고 있는 공동체를 기반으로, 가슴 따뜻해지는 시가 바로 여기 실린 저항의 '한국현대사'를 노래한 67편의 시가 아닌가 싶다.

---

1) 목포 KBS 라디오 생방송 〈남도톡톡 FM 105.9 MHz〉, 2023년 10월 27일), 11시 30분~11시 57분.

1. 그래도 '통일'이다

저항의 '한국현대사'의 첫 장은 민족사의 미해결 과제인 남북의 '통일'에 할애하고 있다. 그런데 흥미롭게도 통일에 대한 담론을 멀리 개화기까지 끌고 올라가 김옥균(金玉均, 1851~1894)과 민영익(閔泳翊, 1860~1914)의 「대화」로 시작한다. 물론 남북 분단은 1948년 이후이니 시대착오적인 발상이다. 그럼에도 그것이 의미를 갖는 것은 현재의 상황이 개화기 당시 급진개화파, 온건개화파, 수구파 등 여러 정파가 대립해 외세를 끌어들여 결국 자주적인 개화에 이르지 못했던 것과 유사하기 때문이다. 이들은 "그때 조선의 개화를 청이니 일이니 로의 힘을 빌리지 않고 조선의, 조선만의 이해로 성사시켰더라면 이처럼 식민의 아픔도 분단의 서러움도 겪지 않았겠죠"(「대화」)라며 자신들의 과오를 반성하고 '조선만의 이해'로 통일의 물꼬를 트자며 이렇게 역설한다.

> 통일이 꽁꽁 얼어 있습니다 판문점선언도 뒷걸음질 치고 있습니다 미·중의 이해가 겹치기 때문입니다 통일은 조선의 밥이고 집이고 옷입니다 조선의 이해가 담긴 담론이 필요합니다 통일이 되어야 막힌 혈도가 풀리고 지구촌의 평화가 유지됩니다
>
> 그렇지요 통일이 외면당하고 있지요 조선의 이해를 반

영하지 못했기 때문이에요 북한에서는 남한이 미국 눈치
만 본다고 하지요 남한에서는 북한이 판문점선언을 불온
시 하고 있다고 하지요 민족자결주의 원칙에 따라 우리
민족끼리 통일을 논의해야 한다고 봅니다
옳습니다 조선의 이해가 반영되어야 통일은 가능하고
철조망이 사라집니다 우리 민족끼리 통일을 주도해야 외
부의 이해에서 벗어납니다 개화기 허약한 조선을 벗어나
서 부강한 조선이 펼쳐집니다 이산의 아픔이 풀리고 널리
인간이 이로워집니다

―「대화」 부분

결국 개화기에도 그랬듯이 강대국들의 이해관계에 의해 조선이 좌지우지되는 것을 막고 우리 민족끼리 '조선의 이해'를 반영한 통일을 논의해야 한다고 주장한다. 물론 급진개화파인 김옥균과 온건개화파인 민영익이 남북 분단을 예측했을 리는 없지만, 역사는 과거와 현재의 대화이듯이 예전의 인물을 불러내어 『몽견제갈량夢見諸葛亮』처럼 몽유록夢遊錄의 방식으로 외세에 휘둘린 개화기 정객을 이 시대에 소환해 통일의 문제를 풀어가고자 한 것이다.

이와 비슷한 담론은 「통일이 안 되는 이유」에도 등장한다. 즉 강대국들이 자국의 이익을 위해서 오히려 통일을 가로막는다는 논리다. 시인은 "그들에게 분쟁은 먹을거리다/그들에게 전선은 유지되어야 한다/그래야 그들의 경

기가 돌아간다/그래야 세계의 경찰로 거듭난다/그런 냉엄함 때문에 통일이 안 된다"고 한다. 여기에는 냉전 시대에 유행했던 이른바 '군산복합체(military-industrial complex)' 담론이 제시된다. 즉 군부와 무기생산업체의 상호의존체제를 말함인데 한반도의 경우 다른 지역보다도 오히려 남북 대치의 강대강 상황이 중국을 견제하는 미국의 동북아 전략에 중요한 연결 고리로 작용하고 있기에 지대한 영향을 미치고 있는 것은 사실이다(생각해 보라. 이 전략체계 속에서 한일 양국은 미국을 중심으로 충실히 기능을 수행해야 하기 때문에 식민지 지배에 대한 사과나 종군 위안부, 강제 징용, 독도, 후쿠시마 오염수 문제는 아예 회피하고 있지 않은가?).

문제는 독일이 그랬던 것처럼 남북 모두가 간절히 원한다면 느닷없이 통일이 이루어질 수도 있다는 점이다. 실제로 문재인 정부 당시 통일에 대한 구체적인 계획이 상당히 진전되기도 했다. 시인은 당시의 희망찬 행보를「물꼬」,「도보다리」,「중련열차」,「복기」를 통해 그리고 있다.「물꼬」에서는 "마른 논에 물 들어온다/남북한 정상이 삽으로 논두렁 팍팍/봄 가뭄 들어낸다/그 얼마나 타는 목마름이었더냐/그 얼마나 기다리던 물내림이었더냐"고 감격하고,「도보다리」에서는 "남북 두 정상이/걸어서 건너는 다리가 있어서/70년 묵은 쳇증이 확 내려간다/봄바람 살랑거리고/걸어서 건너는 다리가 있어서/너도나도 세계의 다리가 되었다"고 한다.

하지만 통일은 쉽게 오지 않았다. 지금은 통일에 대한 훈훈하던 봄바람도 어느새 사그라들고 차가운 냉기만이 한반도를 뒤덮고 있다. 그렇게 훈훈한 봄바람이 불던 좋은 시절이 있었을까? 시인은 지금의 아쉬운 마음을 「복기」를 통해 드러내고 있다.

> 아, 그날 그 자리 널문리 선언은 꿈이었을까
> 그렇게 봄이 쉬이 와도 되는 것이었을까
> 그렇게 하나 됨을 좋이 선언했을까
> 여망처럼 봄꽃이 피고 웃음이 벙글고 눈물이 핑 돌았을까
> 하나의 핏줄, 하나의 역사, 하나의 문화였음을 확인했을까
> 그렇게 봄이 다 왔는데도
> 그런 새봄으로도 우리의 가을은 더디 오는 것일까
> 그렇게 피어나던 꽃 송이송이도 하늬바람 거스르지 못하는 것일까
> 아, 그날 맺었던 언약은 옥죄는 시샘으로 반짝 사라지는 것이었을까
>
> ―「복기」 부분

이제는 그 아름다운 기억을 '복기'해 봐도 덧없다. 남북

의 공동 번영과 자주 통일, 상호 불가침과 종전 협정, 한반도의 완전한 비핵화 등 한반도의 장밋빛 미래를 기약하는 「4·27 판문점 선언」도 이제는 모두가 지나간 꿈이었을 뿐! 결국 강대국의 이해 때문에 그 아름다운 꿈은 이루어지지 않았다. 그러기에 더욱 간절했으리라.

비슷한 내용의 시가 "통일이가 없어졌다"는 「가출」이다. 통일에 대한 관심이 사라지고 아무도 통일을 얘기하지 않는 상황을 시인은 '가출'로 표현한 것이다. 그러면서 "통일이가 가출했다/그런데 아무도 속을 태우지 않았다/우리에게 통일이는 없어도 그만인 사람이었을까/봄을 시샘하는 꽃샘바람 때문에 그럴까/성조기 나부끼고 촛불이 꺼져서 그럴까"라고 미국의 간섭과 '촛불'의 열망이 사그라든 것에서 원인을 찾고 있다.

그럼에도 시인은 통일의 바람을 포기하지 않는다. 「그래도 통일이다」라는 시에서 이렇게 강조한다.

통일하자는
그 말이 식상해졌다
통일하자고
너무 많이들 외치다 보니
이젠 공허한 메아리가 되었다

통일하자는

그 절절한 말이 다가오지 않는다
통일하자고
너무 오래 소원하다 보니
이젠 콧방귀도 뀌지 않는다

통일하자는
그 마땅한 말이 왜 이럴까
통일하자고
내미는 손의 온도가 달라서 그러는가
던지는 돌의 무게가 적어서 그러는가

통일하자는
그 소원의 말이 왜 이럴까
통일하자고
이 정성 다해서 그러자고 노래하다 보니
이젠 통일이란 말도 없어졌다

그래도 통일이다

—「그래도 통일이다」 전문, 강조 인용자

"너무 많이 외치"고, "너무 오래 소원"하고, "이 정성 다해서 그러자고 노래하다 보니" 오히려 통일에 대한 당위성은 진부하게 되고 관념화됐다는 말이다. 그런데 시인은 여기에 반전의 구절을 숨겨두고 있다. “내미는 손의 온도”와 “던지는 돌의 무게”가 다르거나 적다는 것이다. 보다 뜨겁고 적극적으로 통일을 열망해야 한다는 말이다. 실상 우리의 정치사에서 통일은 민족사의 구체적 목표가 아니라 정치 구호로 남발되는 감이 없지 않았다(박근혜 정부 당시도 2014년 신년 기자회견에서 ‘통일은 대박이다.’라고 하지 않았던가). 해서 “이젠 통일이란 말도 없어졌다”하지만 “그래도 통일이다”고 시인은 힘주어 노래한다.

통일이 되기 위해서는 우선 남북이 자주 만나야 한다. 표제시 「만나자」에서 그 정황을 이렇게 노래한다.

만나자
일 없어도 만나자
좋은 사람 좋은 사람끼리
그리운 사람 그리운 사람끼리
못내 만나서 그날이 되어 보자

만나자
어느 때라도 만나자
추석도 설일도 단오도 좋다
봄꽃처럼 북상하며 만나자
단풍처럼 남하하며 만나자

만나자

톡 까놓고 만나자

그러면 아픈 사랑 피어나겠지

척진 사랑도 맺힌 사랑도 풀어지겠지

못내 두근두근 없는 사랑도 생겨나겠지

만나자

어디에서라도 만나자

서울도 좋다 평양도 좋다

동파랑도 좋다 서파랑도 좋다

기미년의 아, 조선의 자주민으로 만나자

—「만나자」 전문

"일 없어도", "어느 때라도", "어디에서라도", "톡 까놓고 만나자"고 한다. 우선 만나서 무엇이 필요한지를 논의하면 된다. 지금처럼 남북이 강대강 대치를 거듭하고 있는 상황에서는 우선 서로가 자주 만나는 것이 중요하다. 해서 "없는 사랑도 생겨나겠지"라 한다. 일제 식민지배하에서 조선의 자주독립을 외친 기미년 3·1운동처럼 그렇게 외세의 간섭도 없는 '조선의 자주민'으로 만나자고 한다.

2. '5월 광주'를 노래하다

저 뜨거웠던 1980년대, 아도르노(Theodor W. Adorno, 1903~1969)가 말한 "아우슈비츠 이후 서정시를 쓰는 것은 야만이다."라는 명제를 끌어와 "광주 이후 서정시는 죽었다."고 얘기하곤 했다. 그 '야만의 시대'를 어떻게 서정시로 노래할 수 있는가? 해서 '5월 광주'를 다룬 시는 처참한 현장을 고발하거나 폭발하는 분노를 절규의 방식으로 형상화하곤 했었다.

그런 면에서 광주항쟁의 전 과정을 다룬 「광주항쟁 11일기」는 "5월 17일, 신군부는 비상계엄을 전국으로 확대하고 민주인사를 구금하고 계엄군을 광주에 투입시켰다"부터 "5월 27일 새벽, 전옥주 씨가 가두방송에 나선다 시민 여러분! 계엄군이 쳐들어오고 있습니다 우리를 잊지 말아 주십시오 계엄군은 병력 2만 5천 명으로 도청을 포위하고 무차별 총격으로 도청을 점령한다 윤상원 외 19명 전몰하다"까지 11일 동안 광주에서 벌어졌던 참상을 날짜별로 사건만을 간략하고 덤덤하게 기록하고 있을 뿐이다.

시의 기본이라고 하는 압축이나 운율도 없는 데다가 시어의 은유와 상징도 없고 시적 긴장도 없이 사건의 개요만을 마침표 하나 없이 건조하게 서술한 이 문장들이 과연 시일까? 시의 기본 요소를 따져 보면 시가 아니다. 하지만 '5월 광주' 이후 서정시를 쓰는 것은 야만이라고 하지 않았던가? 혹은 서정시가 죽은 마당에 과연 그 기막힌 참상을 어떻게 시로 쓸 수 있는가! 결국 시인은 그 11일의 기록을 그냥 덤덤하게 서술하는 것으로 시를 쓸 수밖에 없었다. 실상 어떤 시보다도 더 압축적이고 상징적인 '5월 광주'의 참상 그 자체가 바로 시가 아니겠는가.

시인도 「시인의 말」에서 "하지만 시가 언어의 묘미나 비유적 수사만을 말하지 않는다. 시적 아님을 드러내면서 거칠고 투박한 것들도 분청이 될 수도 있는 것이다. 시대를 말하고 인물상을 말할 때 살점 하나 없는 어투도 노래가 될 수 있는 것이다."고 힘주어 말하고 있다.

그래서 시인은 '5월 광주'를 표상하는 다른 것들을 빌려와 그것을 시로 형상화했다. 계엄군의 광주진압을 앞두고 가두방송을 했던 전옥주 씨의 「그 목소리」, 망월동 거리의 이팝꽃을 비롯하여 "순백의 하얀 꽃만 오지게도 피어"나는 「오월에 피는 꽃」, 군대 간 애인에게 부친 「80년 광주에서 온 편지」 등의 시가 그렇다. 「그 목소리」를 보자.

> 내 귓속에
> 들어온 그 목소리
> 그때의 그대가 분명하다
>
> 잠을 자다가도
> 그 목소리 피어나서 흠칫

놀래라 그립던 그 목소리

길을 가다가도 뒤돌아다
머리채 흔들며 귓바회 붉히면서
가끔보다 애틋하고 솔깃하고 황홀하고

내 귓속에
똬리 틀고 속눈썹 깜박이며
볼웃음 짓는 아픔이여 위안이여

–「그 목소리」 부분

1980년 5월 27일 3공수여단 특공조는 4개조로 나뉘어 도청을 포위했다. 새벽 4시 무렵 교회당 종소리와 함께 총성이 울렸다. 도청 뒷담을 넘어 침투한 특공조가 맹렬히 총을 쏘아댔고, 사방에서 총탄이 쏟아졌다. 특공조는 도청 내부로 돌격해 들어간 다음 옥상부터 훑어 내려오면서 각 방의 문을 걷어차고 닥치는 대로 총을 쏘았다. 총소리와 비명이 난무한 가운데 인기척이 나는 곳에는 무조건 총격을 가해 도청은 삽시간에 아비규환이 되었다. 이른바 '폭도 소탕 작전'이었다.

이 무렵 다급한 여성의 목소리로 "시민 여러분, 지금 계엄군이 쳐들어오고 있습니다. 사랑하는 우리 형제, 우리 자매들이 계엄군의 총칼에 숨져 가고 있습니다. 우리 모두 계엄군과 끝까지 싸웁시다. 우리는 광주를 사수할 것입니다. 우리는 최후까지 싸울 것입니다. 우리를 잊지 말아주십시오…….”라는 가두방송이 시작되었다. 그러나 도청으로 모여든 사람은 없었다. 도청을 지키던 시민군들은 사살되거나 체포되었다.

그 다급한 순간에 들린 가두방송의 목소리가 시인에게 환청으로 따라다닌다. 잠을 자다가도, 길을 가다가도 ‘그 목소리’가 들려오지만 결코 무거운 부채감이나 괴로움으로 다가오지 않는다. 오히려 그립고, 애틋하고, 솔깃하고 황홀한 목소리로 들려온다. 해서 시인의 귓속에 똬리를 틀고 앉아 아프지만 위안으로 다가오기도 한다. ‘5월 광주’는 아픔이지만 동시에 시인에게 삶을 버텨 나갈 수 있는 버팀목이자 위안으로 기능한 것이다.

주지하다시피 ‘5월 광주’는 역사적으로 현대사의 중요한 분기점이 된다. 그래서 시인은 ‘5월 광주’를 갑오년 농민항쟁과 지리산 빨치산 유격대, 제주 4·3항쟁과도 연결시킨다. 「살아남은 자여」에서는 각 연마다 “갑오년에 우금치 전투에서 살아남은 자여!”, “지리산 빨치산 유격대에서 살아남은 자여!”, “제주항쟁 산사람이 되어서 살아남은 자여!”, “80년 오월 광주에서 살아남은 자여!”를 호명하면서 그들이 비록 ‘일제’와 ‘국방군’과 ‘토벌대’와 ‘신군부’에 의해 ‘동비東匪’와 ‘공비共匪’와 ‘역도’와 ‘폭도’로 불렸지만 죽지 않고 마지막까지 살아남았다 한다. 왜 그런가? “죽지 않고 살아서/죽은 자의 입이 되어서" 그날을 증언하기 위해서다.

흔히 '5월 광주' 이후 '살아남은 자의 슬픔'은 1980년대를 대변하는 '키워드'였다. 광주의 희생을 손 놓고 바라보기만 했던 죄책감 때문일 것이다. 이 말은 원래 독일의 시인이자 극작가인 브레히트(Bertolt Brecht, 1898~1956)의 「살아남은 자의 슬픔」이란 시에서 유래되었다. 브레히트는 모스크바에서 병사한 스테판, 스페인 국경에서 자살한 벤야민 등 먼저 간 친구들을 기리며 "오직 운이 좋았던 덕택에/나는 그 많은 친구들보다 오래 살아남았다."고 말했다. 그런데 꿈속에서 죽은 친구들이 나타나 "강한 자는 살아남는다."고 하자 "나는 내가 미워졌다."고 했다. 힘겨운 시대를 함께하지 못하고 친구들을 먼저 보낸 자책감 때문일 것이다.

그런데 시인은 살아남았다는 것을 '살아남은 자의 슬픔'보다 그날을 증거할 수 있는 책무감에서 그 의미를 찾았다. 그러기에 그날을 증거하는 인물들을 찾아 시를 통해 그들의 행적을 형상화했다. 그 면면은 「청년 신영일 – 광주 5월의 들불열사」, 「합수 윤한봉 – 5·18 마지막 수배자」, 「시민군 정해직 – 5월 항쟁지도부 민원부장」 등이다. 교사 출신의 시민군 민원부장 정해직을 다룬 시를 보자.

정해직은 보성 초등학교 분교의 교사로 있었는데, 5월 18일 수창초등학교 앞에서 "인디언 사냥" 같은 계엄군의 만행을 목격하고 다음 날 학교로 출근했지만 그 기억으로 도저히 수업을 할 수가 없어 다시 광주로 왔다. 그리고 시위에 가담했다. 5월 21일 집단 발포 이후 시민들은 무장을 하기 시작했고 정해직도 시민군에 참여하여 '민원부장'을 맡았다. 5월 25일 궐기대회에서 「우리는 왜 총을 들 수밖에 없었던가」와 「희생자 가족에게 드리는 글」을 낭독하고 희생자 시신 정리와 장례 집행, 행불자 신고 접수 등의 궂은일을 도맡아 처리했다.

하지만 계엄군이 도청을 진압했던 5월 27일 그날의 정황을 시인은 이렇게 썼다.

그런데 계엄군이 최후통첩을 하면서 달라졌어요
도청에 남으면 죽는다는 걸 직감하고들 있었지요
자청 타청 하나둘 떠나가는 거예요
저 담장만 넘으면 살 수 있을 것 같았어요
발걸음이 나도 모르게 그쪽으로 가더라고요
민원부 학생 10여 명을 돌려보내고 결전을 준비했지요
하지만 자꾸 엄니 생각이 나고 아이들의 얼굴이 스치는 거예요
27일 3시, 2층 창가에서
카빈 소총을 걸치고 경계에 나섰지요
새벽의 거리는 고요하기만 했어요
미리 닥쳐올 패배를 예고하고 있었어요
미리 다가올 부활을 예견하고 있었어요
그때 건물 안에서 총소리가 요란하게 났어요

계엄군이 앞쪽이 아니라 뒤쪽으로 온 거예요
동시에 헬기가 뜨고 일제 사격을 해왔어요
우리는 황급히 식산국장실로 피했지요
정부군과 총으로 맞설 수는 없었던 거예요
여기서 살 수 있을까 그런 여망뿐이었지요
도리가 없었어요 체포되어 고문당하고
거짓 자백을 강요당했지요
인간성을 포기당한 시간이었지요

—「시민군 정해직」 부분

계엄군이 진압을 통보한 26일 밤, 정해직은 늙은 어머니 생각도 나고 두려운 마음에 발걸음이 저절로 도청 밖으로 옮겨졌다고 한다. 하지만 한 어머니가 와서 "내 아들이 여기 도청 안에 분명히 있으니, 들어갈란다."하자, 정해직은 "안 됩니다. 안 됩니다. 여기 사람들은 질서가 있어야 합니다."하며 울면서 그 어머니를 밀쳐 내놓고 자신이 어찌 도망을 갈 수 있겠냐고 했다. 결국 도청으로 다시 들어간 것이다. 그리고 YWCA에 남아 있던 봉사 학생들을 돌려보내고 결전을 준비했지만 결국 체포되기에 이른다.[2)]

그 과정에서 한 평범한 인간이 느꼈을 두려움과 공포,

---

2) KBS 광주 〈영상채록 5·18팀〉의 인터뷰(2023년 2월 1일, 유승룡 기자) 참조.

그리고 살고 싶다는 열망 등을 가감 없이 그리고 있다. 시인의 말처럼 "살점 하나 없는 어투도 노래가 될 수 있"는 것이다. 그 시민군의 항거가 결국 '닥쳐올 패배'를 예고하고 있었지만 또한 앞으로 '다가올 부활'을 예견하고 있기도 한 것이다. 시의 서두에서 "죄명이 내란중요임무 종사죄라네/1심에서 10년을 받았고/2심에서 5년으로 줄었고/10개월 옥살이하고 가석방 되었지요/학교에서 해직되어 3년 후에 복직"이라는 대목을 넣었다. 시에서는 사건의 시간적 순서가 뒤바뀐 셈이지만 실제로 '내란중요임무 종사죄'로 처음 10년을 받았으며 나중에는 10개월로 줄고, '당연해직'된 학교에서도 3년 후인 1983년에 복직된 것이다(물론 그 뒤 정해직은 전교조와 관련해서 1989년 다시 해직되고 1994년 다시 복직된다). 끈질기게 살아남아 '5월 광주'를 증거한 셈이 되었다.

정해직은 2023년 10월 26일 최후의 시민군 254명 중 생존 190명의 대표로 '5·18 광주민중항쟁 최후의 시민군동지회'를 결성하고 회장으로 취임했다. 당시 「선언문」에서 "우리가 목숨을 대신하여 지키고자 하였던 그 소중한 가치는 항쟁과 대동, 그리고 계승"이라며 "소중한 가치를 지키기 위하여 온 힘을 바칠 것이"라고 선언했다. '광주 5·18'의 정신이 정해직이라는 인물을 통하여 부활한 것이다.

5·18 광주민중항쟁은 시간적으로 어느 특정한 시기나 공간적으로 어느 한 지역에 국한된 문제가 아니다. 앞서 「살

아남은 자여」에서도 '갑오농민항쟁'이나 '지리산 유격대', '제주 4·3'과 연결시키고 있거니와 「대구에서 광주를 말하다」에서는 1946년 대구 '10월항쟁'과도 연결시키고 있다. 대구 10월항쟁은 10월 1일 대구역에서 노동자의 파업을 폭력적으로 탄압하는 미군정에 맞서 시위를 벌인 것으로 촉발되었다. 경찰이 시위 군중에게 총을 쏘면서 무력으로 진압하자 여기에 맞서 농지 개혁, 양곡 수집 중지, 친일파 처단 등의 요구하며 민중 봉기로 번져 나가 경찰서와 관공서를 공격하기에 이른 것이다. 비록 실패로 끝났지만 미군정의 실정에 맞서 민중들의 분노를 드러낸 사건으로 광주 5·18과도 유사성이 많다. 시인은 이 점을 드러내어 대구와 광주가 시간과 공간을 넘어 결코 다르지 않음을 보여준다. 마지막 연을 보자.

> 10월 3일 정오
> 미군정의 무력 진압과 쌀값 폭등에 분노하여 영천에서
> 시위대가 경찰서를 습격하고 우체국 건물을 불태웠지
> 구미에서도 시위대가 경찰서를 점거하고 친일파 부호들의 가산을 몰수했지
> 성주, 고령, 김천, 예천, 영일, 경산에서도 농지 개혁 단행하라고 친일파 청산하라고 일어났지
> 그 후 34년이 지난 광주는 분수대에서
> 끝까지 싸우자고 결의하고 새로운 항쟁위를 구성했지

무력 진압에 대한 정부의 사과와 계엄군의 철수를 요구
했었지
하지만 신군부는 무조건 투항하라고 최후의 통첩을 보
내왔지
항쟁위는 광주 시민의 핏값에 보답하겠다고 민주주의
를 지키겠다고
도청을 사수하며 최후의 항쟁을 벌였지

―「대구에서 광주를 말하다」 부분

미군정이나 신군부와 같이 부당한 정치권력에 맞서 민중들이 항쟁을 벌인 것은 시간과 공간을 뛰어넘어 본질적으로 동일하다고 시인은 말한다. 그런데 이 시 속에는 '지금은 대구와 광주가 왜 이렇게 다른 곳이 되었지?'라는 질문이 숨어 있다. 지금은 '보수의 심장'이 된 대구와 '민주화의 성지'인 광주가 달라도 너무 다른 곳이 되어 있기 때문이다.

3. 동백꽃 붉은 속내

제3부에서 시인의 시선은 '제주 4·3'과 '여순항쟁'으로 향한다. '제주 4·3'은 어떻게 일어났는가? 1947년 3월 1일, 관덕정에서 기념식을 하던 민간인에게 총을 난사해 6명이 죽고 8명이 중경상을 입는 '3·1절 발포사건'이 도화선이 되

어 분노한 도민들이 총파업을 결행하기에 이르렀다. 이에 미군정 경찰들은 제주도를 '빨갱이의 섬'으로 규정하고 무자비한 탄압과 500명에 이르는 무고한 양민들을 구속하였다. 더욱이 남한만의 단독 정부 수립을 위한 5·10 선거의 시행을 앞두고 있었다. 여기에 맞서 1948년 4월 3일 경찰서를 습격하는 무장봉기가 일어나면서 드디어 '제주 4·3'이 터진 것이다. 남한 단독정부 수립 후에는 육지에서 파견된 군경과 서북청년단에 의한 도민들의 탄압은 더욱 심해져 당시 제주도민의 10%인 3만 명이 군경의 총에 사살되는 지경에 이르렀다. 이성이 작동을 멈춘 학살과 광기의 시대였다.

'제주 4·3'의 억울한 희생은 1989년 4월 3일에 와서야 41년 만에 처음으로 '4·3 추모제'를 지낼 정도로 금기시됐었다. 엄혹한 군사 정부 시절이었던 1970년대부터 줄기차게 4·3을 소설화한 현기영은 「목마른 신들」에서 4·3의 슬픔에 대해 이렇게 말한다. "슬픔이란 대체로 눈물과 한숨으로 표현할 수도 있고, 말과 글로도 표현할 수 있다. 그러나 4·3의 슬픔은 눈물로도 필설로도 다 할 수 없다. 그 사태를 겪은 사람들은 덜 서러워야 눈물이 나온다고 말한다." 그런 '제주 4·3'의 정황을 시인은 「제주항쟁」에서 이렇게 썼다.

1947년 3·1절에 관덕정에서 데모가 벌어졌어 단정단선
반대한다고

기마경찰 말발굽에 어린애가 다쳤어 흥분한 군중이 돌을 던지자

경찰이 마구 발포해서 민간인들이 여러 명 죽었지

그런디 당국은 군중이 폭행에 가담해서 불가피했다는 거야

참다 못한 도민들은 나서서 총파업 투쟁에 들어갔어

제주도청, 우체국, 은행, 회사원, 노동자, 교사, 학생은 물론

일부 경찰까지 동참허고 상가도 철시하는 등 유례가 없었지

하지만 미군정은 그것을 남로당의 선동으로 몰아서는

도지사, 군정간부들을 모두 외지인으로 바꾸고 응원경찰을 증파하고

서북청년단까지 들여서는 검거작전에 나섰어 파업 주모자를 색출헌다고

마을과 지서에서 서북청년단이 주둔허면서 끄떡허면 주민들을

빨갱이로 몰아서는 잡아가고 죽이고 약탈혔지

제주도를 빨갱이 섬으로 낙인찍은 거야

그해 이천오백 명이 검거되고 고문과 테러가 자행되었어

민심이 돌았지 이를 보고 남로당이 나서서 무장봉기한 거야

한라산 오름마다 횃불이 타올랐지

그것을 신호로 무장대가 경찰지서와 서북청년단을 습
격했어
그게 1948년 4월 3일 새벽이었어

—「제주항쟁」 부분

'제주 4·3'은 남한만의 단독 정부 수립을 반대하고 여기에 맞서 궐기한 것인데, 경찰과 서북청년단의 '빨갱이 사냥'으로 학살이 공공연히 자행되고 있었다. 시인은 '제주 4·3'의 참상을 더 적나라하게 드러내기 위해 시 속에 「호소문」과 「협상문」까지 제시하고 있다. 「제주항쟁」은 '3·1 봉기'에서 시작하여 유격대가 궤멸되는 것으로 끝나지만 시는 마지막 행에서 "6월에 이덕구 유격대사령관이 사살되면서 4·3 제주항쟁은 끝났지만"으로 묘한 여운을 남긴다. 아직도 '제주 4·3'이 끝나지 않았음을 보여주고자 한 것이다.

군경이 저지른 가장 끔찍한 집단 학살은 제주 북촌리 '너븐숭이(넓은 돌밭)'에서 자행되었다. 현기영의 「순이 삼촌」 무대이기도 한 이곳에서 무려 479명(1994년 2차 조사, 위령비에는 439명만 등재)이 학살당했다. '북촌리 학살 사건'은 제주 북촌 너븐숭이에서 무장대의 습격을 받아 군인 2명이 숨진 것으로 시작된다. 마을의 원로들은 군인들의 시신을 함덕리 주둔 본부대로 가져갔지만 흥분한 군인들은 경찰 가족 1명을 제외한 9명을 모두 사살했다. 그리고 2개 소대의 병력으로 북촌마을을 찾아가 총부리를 겨누며 1천

명 가량 되는 주민 모두를 학교 운동장으로 내몬 후 마을을 불태웠다. 군인들은 모인 주민들 중에 '빨갱이' 가족을 찾으려 했지만 여의치 않자 학교 인근의 '당팟', '너븐숭이', '탯질' 등으로 끌고 가서 집단 학살을 자행했다. 이 집단 학살극은 오후 5시경 대대장의 중지 명령이 있을 때까지 계속됐다. 그때 죽은 사람들이 479명이었다. 이성이 마비된 광기의 학살극이었다.

「너븐숭이 퐁랑」은 생존자인 80세 할머니의 입을 통해 그날의 비극을 증언하고 있다. 「순이 삼촌」의 순이 삼촌은 비극의 현장인 너븐숭이의 옴팡밭에서 자살을 택하지만 이 시의 작중 화자는 끈질기게 살아남아 그날의 얘기를 들려준다.

그날 아침나절이어실거라
집에 이싱게 도락구 소리가 나고 총소리가 팡 낭게
하르방이 서둘러 우리를 괴팡에다 밀엉 넣고는 절대 나오지 말랭
여동생 둘이영 막내 동생이영 거기 숨어 이서시녜
굳짱 군인 둘이 왕게 안거리에 불을 지르고는
강제로 하르방, 어멍, 오라방, 언니들 끌고 강게
아방은 산에 올라가고 어서쩌
무싱거 햄신고 창구멍으로 내다보니난
학교 운동장에 동리 사름들 다 모아낳

이리저리 줄을 세웡 한 사름 끌고 가덩

총으로 막 때리멍 옷을 뱃기고는 총을랑 팡 놓게

사름들이 놀래랑 몸을 돌리고 도망치멍 지옥이었져

갑자기 기관총 소리가 나고 몇 사람이 쓰러졌져

경 세워놓고는 지들끼리 모여서 무시거 무시거 해영게

한 줄은 당팟으로 한 줄은 옴팡밭으로 또 한 줄은 너븐숭이로 데령갔져

경 끌고 강게 사름들이 이영저영 몰려대난 발로 차고 총으로 때리고 난리였져

얼마 지나난 당팟에서 총소리가 났져 경허난 총소리가 콩알 볶듯이 이어정게

거기서 삼백 명이 죽어시녜

—「너븐숭이 퐁랑」 부분

어린 동생들과 숨어 있다 살아나와 그날 목격한 것을 증언한 것이다. 다행히 '어멍'만은 살아왔지만 혼이 나가 돌보느라 어린 나이에 해녀가 되어 갖은 고생을 하며 동생들까지 챙기고 힘든 세월을 버텨야 했다. 이제 나이 80이 되어 그날을 다시 반추하며 "그날의 죽음들이 되살아나는 거라/죽었던 하르방, 오라방, 언니들이 떠오르고/시름시름 앓다가 죽은 어멍도 눈에 선허영게/아이고 왜 죽었는지 왜 죽여야 해신지/의문이 생기고 그때 군인들은 어느 나라 군대인지/아이고 원망이 생기고 옴팡밭 시신들이 꿈에 보이

는 거라"고 한다. 민간인을 학살했던 당시의 군인들이 어느 나라 군대인지 반문하고 있다.

결국 '제주 4·3'의 해결은 정치 논리가 개입하여 여기저기 눈치 보고, 이것저것 따지다가는 아무것도 하지 못한다고 시인은 「죽비」, 「단도론」에서 말한다. "아직 이름 석 자도 찾지 못함시러/세월랭 네월랭 풍월이나 읊으랭시냐/둥글멍 봉개동 거친 자락에 꽃핀댕시냐/거새기 명분을 바로 세워야 할 거 아니가"(「죽비」)라고 힘주어 말한다. '제주 4·3'의 대의명분을 바로 세워야 한다는 것이다.

한국현대사에서 오랜 기간 '제주 4·3'은 '빨갱이'들이 한 짓이라고 쉬쉬하며 함부로 말하지 못했던 게 사실이다. 1989년에 와서야 41년 만에 처음으로 추모제를 지냈고, 2000년에 '4·3 특별법'이 공포되었으며 2014년에 '국가 지정 추념일'로 지정되었다. 아직도 '제주 4·3'은 지금도 사회의 분위기에 따라, 보는 관점에 따라 '빨갱이'가 벌인 불온한 사건으로 치부되기도 한다. 해서 4·3은 아직도 현재진행형인 셈이다.

이념이니 성격이니 그런 해명이 남아시냐
비폭력 평화주의자라도 되엄싱고라
위령허고 해원허고 화해허면 다 되엄싱고라
뭐 통일이 되는 그날에 헌다고랭
이런 조항할미 외면헐 놈이시랭

정명허지도 못함시랭 통일을 외울럼시냐

이질지질 끌다가는 뱅뒤앗 귀신되켜

치워라! 세우지 못하면 불끈허켜

—「죽비」 부분

시인은 '죽비竹篦'처럼 단번에 깨우침을 얻어 '제주 4·3'의 대의명분을 바로 세우자고 한다. 그건 좌익도 우익도 아니라 이 땅의 전쟁과 분단을 가로막고 평화와 통일을 이루자는 것이라고 한다. 그 대의명분을 위해 3만 명의 주민들이 억울하게 죽은 것이다.

「단도론」은 더 적극적이다. 제주 민중항쟁의 역사로서 1901년 이재수의 난과 1931~1932년 제주 해녀항일운동으로부터 4·3 제주항쟁, 강정마을 해군기지 반대운동에 이르기까지 직접 몸으로 부딪치며 저항해야 한다는 것이다. 제주 민중항쟁사를 열거한 다음 마지막 연에서 어떻게 할 것인가를 묻고, "그때나 지금이나/시퍼런 단도 하나 입에 물고 쳐들어가야 할 적진이 있었으니/몬딱 올라가야 할 오름이 바로 저기 있었으니"(「단도론」)라고 강조한다.

그런가 하면 「제주도 오름」에서는 "올라가야 슬픔이 보이는 곳"(「제주도 오름」)에서 시작하여 '아픔', '용서', '평화', '희망'으로 끝내고 있다. '제주 4·3'의 아픔과 고통에서 결국 평화와 희망으로 이어져야 한다는 낙관적 전망을 보여주고 있는 셈이다. "미움도 증오도 화해가 되고 상생이 되어서 송이송이 피어나는 곳/슬픔도 아픔도 어영나영 구릉이 되고 산록이 되고 바람이 되고/제주도 풍광이 된다지만 물장오리 설문대할망 비구름 몰아온다지만"(「제주도 오름」) 이제는 오랜 고통과 아픔 속에서도 결코 희망을 잃지 말자는 당부인 셈이다.

'제주 4·3'이 일어나고 이를 진압하기 위해 1948년 10월 19일 육군 본부로부터 여수에 주둔하고 있던 국방경비군 14연대에 파병 명령이 하달되자 지창수 상사는 연단에 올라 "경찰을 타도하고, 동족상잔의 제주도 출동을 반대하자."며 부대원들을 선동하였다. 대부분의 사병들이 여기에 찬동하였고, 지창수를 신임 연대장으로 추대한 반란군은 즉시 여수로 진격하여 본부대를 함락시키고, 20일 오후에는 순천도 함락되었다. 이 과정에서 순천에 파견 나와 있던 홍순석의 2개 중대와, 광주 제4연대 소속 진압군이 반란군에 합류하였다. 사기가 높아진 반란군은 주변 지역으로 공격을 속행하였으며, 그 결과 22일에는 전남 동부 지역의 6개 군을 장악하게 되었지만 수많은 병력과 막강 화력을 앞세운 진압군에 밀려 결국 '여순항쟁'은 실패로 막을 내리게 된다. 시 「여순항쟁」도 이런 과정과 정황을 그대로 전한다.

> 제주 4·3항쟁이 일어나자
> 거기 진압 명령을 받은 제14연대는

우리는 동포를 학살할 수 없다며
38선 철폐와 조국 통일을 명분으로
무장봉기한다

…중략…

봉기군은 곧바로 경찰서와 관공서를 점령하고 순식간에 순천, 벌교, 보성, 고흥, 광양, 구례를 거쳐 곡성까지 장악한다
이승만과 미군정은 광주에 '반란군토벌사령부'를 설치하고 진압작전에 나선다 봉기군은 병력과 화력에 밀려 여수를 버리고 백운산, 조계산 인근으로 후퇴한다 1950년 초까지 백운산, 지리산, 백아산, 불갑산, 회문산 등지에서 게릴라전이 이어진다

—「여순항쟁」 부분

그런가 하면 역사적 사실을 강조하기 위해 2연에 「궐기문」을 제시하기도 했다. 이 '여순항쟁'의 과정을 통해 시인은 무엇을 말하려고 했을까? 「형제묘」를 보면 시인이 무엇을 말하려고 했는지 짐작이 간다.

그런데 그게 아니야
여순항쟁 때 죽은 사람들의 무덤이야

무고한 양민들이 부역질도 안 했는데
누군가 이 사람이 부역자라고
손가락으로 가리키면 바로 부역자가 되어
즉결 처형되어서 시신마저 태워져서
암매장 된 곳이라니
가족들이 시신을 수습할 수 없어서 한꺼번에
봉분하고 형제처럼 지내라고 했다니

—「형제묘」 부분

'형제묘'가 형제가 사이좋게 나란히 묻힌 무덤이 아니라 '여순항쟁' 때 부역자들을 즉결처형해서 암매장 한 곳이라고 말한다. 무고한 양민들이 부역한 잘못으로 수없이 죽어갔던 사실을 고발하고자 함이다. 같은 내용을 다룬 「느티나무 증언」에서는 무고한 양민들이 어떻게 죽어갔던가를 자세히 전한다.

펄써 70년이 넘었구만요 모진 세월이었지라요
빨갱이 집안이라고 손가락질 당허고 숨도 제대로 쉬지 못혔당게요
자식들 신원 조회 걸리고 취직도 못 허고 농투성이로 살았구만요
지금 생각혀도 너무혔어요 억울하고 원통하구만요
산사람들 내려와서 밥해 달랑게 밥해 주었죠 무서워서

거절허면 총질헐까 봐 아비는 등짐 져다 주었는디 그게

뭔 죄가 된다고 잡아다가 죽이고 아비는 어디에서 죽었

는지 몰라요

엄니는 몽둥이로 몰매 당혀서 보름도 못 버티고 죽었당

게요

－「느티나무 증언」 부분

부모가 모두 억울하고 원통하게 죽었을 뿐만 아니라 '빨갱이 집안'이라고 손가락질 당하며 신원 조회 때문에 취직도 못 하고 모진 세월을 살아야 했던 작중 화자의 넋두리는 우리 현대사의 지울 수 없는 상처임이 분명하다. 시인은 그 상처를 드러내 보여주고자 한 것이다. 이들이 어떻게 모진 세월을 견디며 살았는가를. 그 고통과 상처를 고스란히 드러내 보여주고 있는 것이 바로 「여수동백」이다.

여수라고 벙긋하면

저도 모르게 벙글어져서

붉은 속내 드러내는가

아픈 멍울이 불거지고

그날의 그 이름 물어물어

여민 가슴 속속들이 빠개지는가

물 맑은 여수바다
못내 그립던 사랑 겹겹이 피어나서
동박새도 직박구리도 저 좋다고 화답하는가

여수라고 벙긋하면
저도 모르게 뚝뚝 떨어져서
언 땅 벌겋게 물들이는가

—「여수동백」 전문

사건을 담담하게 서술했던 앞의 시와는 달리 비교적 서정시의 문법에 맞춰 '여순항쟁'의 상처를 그대로 보여준다. 동백이 그렇듯이 붉은 속내를 드러내고, 억울하게 죽어간 사람들을 생각하면 가슴속이 빠개지고, 그럼에도 그립던 사랑이 피어나지만 저도 모르게 희생이 되어 뚝뚝 떨어져 언 땅을 벌겋게 물들인다고 한다. 동백이 피고 지는 모습을 '여순항쟁'의 열망과 투쟁과 희생에 맞춰 기막히게 일치시키고 있다.

실상 동백은 '제주 4·3'과 '여순항쟁'의 동일한 상징꽃이다(1991년 강요배의 『동백꽃 지다—제주민중항쟁전』의 표지화에서 동백이 제주 4·3의 상징으로 부각되었다). 게다가 제주와 여수에는 유난히 동백이 흔하다. 하얀 눈밭 위에 통꽃으로 떨어지는 동백의 처연한 모습은 열정적으로 저항하다 붉은 피를 흘리며 희생당한 제주나 여순 민중들의 상징이다. 그 처연한 동백의 속성을 포착하여 '여순항쟁'의 희생과 상처를 시인은 오롯이 그리고 있는 셈이다.

4. 세월호, 촛불혁명, 이태원, 그리고 저항의 연대

마지막 5부에서 시인은 우리가 사는 이 시대의 문제를 다루고 있다. 우선 마주치는 것이 2014년 4월 16일 일어났던 '세월호 참사'다. 2014년 4월 15일 오후 9시 승객 476명을 실은 세월호가 인천에서 제주도를 향해 출발했다. 탑승자는 제주도 수학여행을 떠나는 경기도 안산 단원고 2학년 학생 325명을 비롯한 일반 탑승객 74명 등 모두 476명이었다. 4월 16일 오전 8시 49분 조류가 거센 전남 진도군 앞바다 맹골수도에서 세월호는 급격하게 변침을 했고, 배는 곧 중심을 잃고 기울어져 표류하기 시작했다. 8시 51분 단원고 학생들이 119에 구조 요청 신고를 했고 배는 침몰하고 있었지만 선내에서는 "가만히 있으라."는 안내 방송만 계속 흘러나왔다. 9시 35분 해경 함정 123정이 도착했지만 사람들을 구조하려는 별다른 노력은 하지 않았다. 선장을 비롯한 기관부 선원 7명이 승객을 버리고 탈출해 구조됐다. 침몰 전까지 172명이 구조됐지만, 10시 30분께 침몰한 이후에는 단 1명도 구조되지 못했다. 침몰 사망자는 295명, 실종자는 9명으로 생때같은 304명의 젊은 생명들이 바다 속으로 사라진 것이다.

「아직도 물속이다」, 「4월의 기억」, 「기억은 힘이 세다」, 「오열」 등의 시가 '세월호 참사'에 바쳐진 시다. 시인은 '세월호 참사'에 대한 진상 규명과 책임자 처벌이 아직도(!) 이루어지지 못한 것에 대해 "아직도 물속이다/아직도 오리무중이다/아직도 진실은 인양되지 않았다"(「아직도 물속이다」)고 분노하고 있다. 그러면서 그 '기억의 힘'으로 이제는 진실을 인양할 것을 요구하고 있다.

일말의 양심도 책임도 희망도 이렇게 묻히는 것인지
내 아이는 내 아이의 아이는 저 구럭에서 침잠되는 것인지
올해도 꽃이 피고 새 울고 나뭇가지 싹이 나고
올해도 아픈 4월이 오고 노란 물결이 일어나는데
그래도 기억은 힘이 세다고
기억은 어둠의 빛이라고 새로이 펴 올리는 힘이라고
도대체 내 아이가
왜 죽었는지 갈쳐만 달라고
왜 죽어야만 했는지 규명해 달라고

-「기억은 힘이 세다」 부분

이른바 〈세월호 진상규명 특별법〉이 2014년 11월 19일에 제정돼 2015년 1월 1일부터 시행에 들어갔지만, 10년이

나 된 지금도 진실은 명명백백하게 밝혀지지 못했다. 그러니 '세월호'는 지금도 '현재진행형'인 셈이다. 하지만 사람들이 기억을 해야만 '역사'는 사라지지 않고 다시 반복되지 않는다. 이제는 눈을 부릅뜨고 현실을 직시해야 할 것이라고 다짐한다.

책임지는 윗선 하나 없는 4월의 기억
그래도 다시 촛불을 들고 다시 세월호를 외치는 4월의 기억
잊지 않겠다고 지켜주지 못한 그날을 기억하며 그날을 산다고
침묵은 금이 아닙니다 침묵은 또 다른 세월호를 지어냅니다
장막을 걷어내고 미궁에 빠진 그날의 진실을 두렵게 기립니다
새날의 아이들이 마음껏 뛰어노는 안전한 세상을 위하여 두 주먹 불끈 쥐었습니다

—「4월의 기억」 부분

유난히 대형 참사가 많았던 시절이다. 304명이 바다 속에서 숨진 '세월호 참사'는 물론이고 멀쩡하게 길을 가다가 159명의 젊은 목숨이 숨진 2022년 10월 29일 '이태원 참사'는 또 어떤가? 그냥 길을 가다 죽었으니 누가 봐도 기가

막힌 일이다. '할로윈 축제'를 맞아 인파가 몰릴 것을 예상했음에도 경찰이나 지자체의 어떠한 안전 조치도 없었다. 게다가 사고가 난 후 후속 조치도 제대로 이루어지지 않았고 서로가 발뺌만 하며 아무도 책임지지 않았다. 시인은 「붉음에 대하여-이태원 참사 희생자들을 위하여」에서 이렇게 말한다.

> 도저히 길을 가다가 죽을 수는 없다
> 도무지 길을 가다가 죽을 수는 없다
> 길을 가다가 압사당할 수는 없다
> 길을 가다가 몰살당할 수는 없다
>
> 길을 가다가 이렇게 죽을 수는 없다
> 길을 가다가 그렇게 죽을 수는 없다
> 왜 죽었는지 설명이 없다
> 왜 죽었는지 이유가 없다
>
> 길을 가다가 죽은 것이 사고라고 한다
> 길을 가다가 죽은 것이 운명이라고 한다
> 어디에도 국가는 없었다
> 어디에도 책임자는 없었다
>
> -「붉음에 대하여」 부분

'이태원 참사'의 진상 규명이 왜 중요한가? 그날 사람들이 몰릴 것을 알면서도 왜 경찰은 안전 조치를 취하지 않았고, 사건이 발생하고서도 제대로 구호 조치를 하지 못했던가? 국민의 생명과 재산을 보호해야 할 '국가'는 도대체 어디 있었는가? 이런 진상이 정확히 규명돼야 그들의 죽음이 헛되지 않고 명예 회복이 이루어지기 때문이다. 진상 규명이야말로 억울하게 죽은 자식들의 원혼冤魂을 풀어주는 일, 이른바 '신원伸冤'인 것이다. 자식을 잃은 부모로서 그것이 가장 중요하지 않겠는가.

그동안 대통령의 거부권 행사로 막혀 있던 '이태원 참사 특별법'은 총선이 여당의 참패로 끝난 뒤 2024년 5월 2일 여야 합의로 통과시켰다. 이태원 참사가 일어난 지 1년 6개월, 551일 만의 일이다. 민중들의 힘에 굴복한 것이리라.

해서 시인은 「촛불의 노래」에서 "우리가 촛불이 되고 횃불이 되고 노도가 되어야 하는 거야/우리가 깃발이 되고 천둥이 되고 원칙이 되어야 하는 거야/촛불 하나 훅하면 꺼지겠지/촛불 몇 개 바람이 불면 없어지겠지/그런데 백만 촛불 누가 막아 누가 잡아/촛불은 스스로 일어나는 거/촛불은 새로운 대한민국이었어/촛불은 천심, 하늘의 명령이야"라고 단결된 민중의 힘, 곧 민심은 천심이라고 말한다. 2016년 12월 광화문 광장을 가득 메운 '촛불혁명'을 말함이다. 그 정황을 「2016년 12월」에서 보다 구체적으로 제시하기도 했다.

광화문 광장에서 파도波濤가 되다

이 작은 물방울 하나 얼마나 절실했으면 스스로 돕는 하늘이 되었을까

이 작은 촛불 하나 얼마나 분노했으면 휘어지지 않는 결기가 되었을까

광화문 광장에서 노도怒濤가 되다

이건 나라도 아니라고 손 한 번 들었을 뿐인데 그게 민심이 되고 천심이 되고

적폐 청산하라고 하야하라고 소리 한번 하였을 뿐인데 그게 함성이 되고 뇌성이 되고

광화문 광장에서 대도大道가 되다

남에서 북에서 지하에서 좀비처럼 모여들었다

죽어도 여한 없다고 몽개몽개 모여들었다

—「2016년 12월」 전문

그렇다! 민중들이 모두 일어나 '파도'가 되고, '노도怒濤'가 된다면 결국 역사의 길을 바로 여는 '대도大道'가 되지 않겠는가. 결국 시인은 수많은 저항의 역사를 되새기면서 민중들의 단결된 힘만이 역사의 물줄기를 바로 세울 수 있다고 확신한다. 그러기에 유난히 '자유'를 강조하는 윤석열

정부에서(대통령은 2023년 광복절 경축사에서 '자유'를 무려 33회 언급했고, UN 연설에서도 21회나 강조했다. 민주주의도 특별히 수식어를 붙여 '자유 민주주의'임을 강조했다). '그런 자유', 입으로만 되뇌는 자유에 대하여 이제는 저항하라고 외친다.

저항하라
탐욕과 과오로 찌든 너에게 그에게
행여 똥물 튀길까 저어하는 소시민들에게
남북으로 동서로 세대로 나누고 가르는 자에게

이 땅의 노동자 농민은 어떻게 살아왔을까
이 땅의 불령선인 파르티잔은 무엇을 바랐을까
이 땅엔 정의도 공경도 상부상조도 사라졌을까
이 땅의 평등 평화도 생명의 외경도 없어졌을까
저항하라 그런 자유는 없다

그런 자유에 저항하라
그렇지 않으면 또다시 온다
그렇지 않으면 너희는 없다
그렇지 않으면 세계는 없다

—「그런 자유에 저항하라」 부분

이런 민중 저항이야말로 잘못된 역사를 바로잡는 길이 됨을 지나간 역사에서 수없이 확인하지 않았던가! 이제는 세계 각지의 탄압받는 곳에서 저항의 연대를 확대해야 한다고 시인은 말한다. 해서 미얀마, 팔레스타인, 가자지구, 베트남에서 그 민중 저항의 연대를 확인하고자 한다. 「미얀마를 위하여」에서는 2021년 2월 아웅산 수치 정권을 몰아낸 군부 쿠데타에 대한 시민의 저항운동을 다루었으며, 「팔레스타인」과 「가자지옥」에서는 팔레스타인 서안과 가자지구에 대한 이스라엘의 무차별 공격을 문제 삼았고, 「따이한 제사」에서는 베트남 빈딘성 떠이빈사 고자이마을의 '빈안학살 50주년'을 맞은 '따이한 제사'를 다루고 있다.

미얀마와 팔레스타인에서의 저항은 민중 연대로서 의미를 갖지만 베트남 '고자이 학살'은 바로 우리 한국군이 저지른 만행이어서 그 의미가 더욱 남다르다. '고자이 학살'은 어떻게 진행되었는가? 1966년 2월 26일 아침, 평화로운 베트남의 고자이마을에 포탄이 날아들었다. 이내, 수많은 헬기가 마을의 하늘을 가득 메웠고, 녹색 전투복을 입은 한국군이 마을로 밀려 들어왔다. 그들은 마을 사람들을 모두 불러 모아 잔인하게 살해했다. 380여 명을 죽이는 데는 1시간밖에 걸리지 않았다. 살아남은 사람은 3명이었다. 그 정황을 시인은 이렇게 그렸다.

음력 정월이었지 새벽부터 마을에 포격이 시작되었어

우리 가족은 근처 방공호로 숨어들었지 날이 밝아오니까
마을 동구에서 연달아 총소리가 났어 비명 소리가 들리고
울부짖는 소리도 났어 어머니는 괜찮다고 아무 일도 없
을 거라고 우리를 안심시켰어 그런데 누군가 입구에서 나
오라고 소리쳤어 들킨 거야 손을 들고 나갔지 따이한이었
어 마을이 온통 불바다였어 따이한은 우리를 데리고 고샅
길을 지나서 들판으로 갔어 거기에는 마을 사람들이 모두
바닥에 엎드려 있었지 한 시간가량 지나서 누군가 명령하
니까 총을 마구 쏘아댔어 수류탄도 터졌어 아비규환이었
어 그런데 수류탄 하나가 내 발뒤꿈치에 맞고 떨어졌어
본능적으로 서너 발 뛰어가 엎드렸지 수류탄이 터지고 그
뒤는 생각이 안 나 산으로 피했던 사람들이 돌아와서야
깨어났어 마을 사람들 다 죽었데 시신이 널려 있었어 두
개골이 깨지고 창자가 터지고 하반신이 없어지고 정말 참
혹했어

—「따이한 제사」 부분

3명의 생존자 중 호지에우(86) 할아버지의 증언을 참조해 시로 형상화한 것이다. 주민들을 모아 놓고 들판으로 가서 모조리 죽인 '제주 4·3'의 '북촌리 학살'과 너무 유사하지 않은가? 380명이니 인원도 비슷하다. 남의 나라를 한 번도 침략해 본 적이 없는 평화의 민족인 우리가 무고한 양민들을 학살했으니 그 죄과가 크다. 380명의 유령비에는 '1966

년 2월 26일 남조선군이 미국의 명령 아래 380명의 무고한 인민을 살해했다'고 적혀 있고 뒷면엔 맹호부대 마크를 달고 수류탄을 쥔 한국군의 모습이 그려져 있다.

위령제를 지내는 2월 26일 전날에는 특별히 한국군에 의해 학살된 민간인들을 기리는 '따이한 제사'를 지내는데, 50주년이 되는 2016년 2월 25일 한국의 평화기행단(단장 노재욱)이 처음으로 참석하여 절을 올리고 사죄를 했다. 노 단장의 사과에 베트남 청중들은 말없이 박수를 쳤다. 시인은 "벽화는 말하고 있었다/고자이마을 학살은 남조선에 책임이 있다고/이런 일이 다시는 일어나서는 안 된다고" 말한다. '저항의 연대'이자 '정의의 연대'인 것이다.

최기종 시인의 언어는 구수하고 인정이 넘치지만 메시지는 명쾌하고 시어의 전개는 거침이 없다. 그의 시도 그렇게 내지르는 힘이 있다. 세련된 기교보다도 '역사'에 대한 분명한 입장이 두드러진다. 말하자면 그의 시는 민중들의 함성과 피가 어우러진 저항의 현대사를 증언하고 있는 셈이다. 시인도 「시인의 말」에서 자신이 다루고 있는 시들이 '한반도 비하인드 근현대사'라고 말한 바 있으며 "동학년에서 기미년으로 그리고 광주항쟁에 이르기까지… 우리나라 민중의 역사를 돌아보는 계기로 남았으면 한다"고 고백했다.

하지만 시 속에 들어 있는 사실들은 '비하인드'가 아니라 '숨겨진 진실'이 아닌가 싶다. 그 '숨겨진 진실'을 시인은 우리 앞에 펼쳐 보여주며 우리의 '역사'가 어떻게 가야 하는지의 전망을 제시하고 있다. 당나라 시성詩聖 두보杜甫, 712~770)의 시를 일러 '시사詩史'라고 했다. 말하자면 '시로 쓴 역사'인 셈이다. 그의 시가 민중들의 삶과 현실을 핍진하게 다루기 때문일 것이다. 최기종 시인의 이번 시집도 두보의 전례처럼 시로 쓴 저항의 '한국현대사'로 불려야 마땅하리라. 그만큼 그의 시 속에는 '한국현대사'의 아픔과 상처가 동백처럼 붉게 물들어 있다.

만나자

초판1쇄 찍은 날 | 2024년 9월 30일
초판1쇄 펴낸 날 | 2024년 10월 8일

지은이 | 최기종
펴낸이 | 송광룡
펴낸곳 | 문학들
등록 | 2005년 8월 24일 제2005 1-2호
주소 | 61489 광주광역시 동구 천변우로 487(학동) 2층
전화 | 062-651-6968
팩스 | 062-651-9690
전자우편 | munhakdle@daum.net
블로그 | blog.naver.com/munhakdlesimmian

ISBN 979-11-989410-0-8 03810

• 이 책은 전라남도, 전라남도문화재단의
지역문화예술육성사업으로 지원받아 발간되었습니다.